沧浪风雅录

周秦 主编

上海文化出版社

图书在版编目（CIP）数据

沧浪风雅录 / 周秦主编 . —上海：上海文化出版
社，2024.1
ISBN 978-7-5535-2895-3

Ⅰ . ①沧… Ⅱ . ①周… Ⅲ . ①诗词—作品集—中国—
当代 Ⅳ . ① I227

中国国家版本馆 CIP 数据核字（2024）第 010368 号

责任编辑　王茹筠
特约编辑　长　岛
装帧设计　长　岛

书　　　名：沧浪风雅录
主　　　编：周秦
出　　　版：上海世纪出版集团　上海文化出版社
地　　　址：上海市闵行区号景路 159 弄 A 座 3 楼　201101
发　　　行：上海文艺出版社发行中心
　　　　　　上海市闵行区号景路 159 弄 A 座 2 楼　201101　www.ewen.co
印　　　刷：苏州市越洋印刷有限公司
开　　　本：787×1092　1/16
印　　　张：20.5
版　　　次：2024 年 1 月第一版　2024 年 1 月第一次印刷
书　　　号：ISBN 978-7-5535-2895-3 / I · 1118
定　　　价：88.00 元
告　读　者：如发现本书有质量问题请与印刷厂质量科联系 Tel：0512-68180638

编委会

目 录

前　言

沧浪之水清兮，可以濯我缨。

沧浪之水浊兮，可以濯我足。

——《孟子·离娄》

北宋庆历四年（1044），诗人苏舜钦坐事论罪，削职为民。翌年，举家南迁，流寓苏州。以钱四万购得孙氏废园，傍水筑亭，题名"沧浪"。"时榜小舟，幅巾以往。至则洒然忘其归，觞而浩歌，踞而仰啸。野老不至，鱼鸟共乐"。友人欧阳修赠诗，有"清风明月本无价"之句，与园主诗句"近水远山皆有情"合成佳联，恰是名园写照。

从此，沧浪亭以山水人文称胜吴中，成为骚客名流雅集觞咏之地。宋人梅尧臣、吴文英，元人文瑛和尚，明人沈周、文徵明、归有光，清人尤侗、宋荦、钱载、梁章钜、张树声、林则徐等先后在此留下诗文墨迹。

清道光五年（1825），陶澍调任江苏巡抚。衙门临近沧浪亭，节假公余常邀集当地缙绅名宿石韫玉（乾隆五十五年状元，历官山东布政使）、潘奕隽（乾隆三十四年进士，历官户部主事）、韩崶（乾隆间拔贡，历官广东巡抚、刑部尚书）、吴云（乾隆五十八年进士，历官河南彰德知府）到此优游宴乐，诗酒唱酬，时称"沧浪五老"。

20世纪六七十年代的"文革"期间，老知识分子蒋吟秋、李饮水、韩秋岩、陈破云、俞啸泉等人不时相聚沧浪亭，作诗填词，以解愤懑。有人称他们为"沧浪新五老"。"文革"结束后，拨乱反正，百废待兴，越来越多的文化人自发聚集在蒋吟秋、韩秋岩等人身边，吟咏抒怀，讴歌生活，并编集印行多期《沧浪吟稿》，传抄交流。

80年代初，苏州诗友酝酿成立社团组织。当时"沧浪新五老"中的韩秋岩、陈破云二老还健在，他们联络爱好诗词的原市委统战部老领导王也六、马崇儒以及原苏州医学院党委书记汪青辰等离休干部，在苏州市政协、苏州市委统战部和苏州市文联的支持下，经过两年多的认真筹备，成立全市性诗词社团的时机逐渐成熟，报请苏州市民政局批准。社团最终定名为"沧浪诗社"，意在接续沧浪亭吟诗的历史渊源。

1984年（甲子）元宵节，苏州诗友和来自南京、上海等地以及部队的嘉宾共百余人在鹤园栖鹤堂隆重集会，宣告沧浪诗社成立。会议公推韩秋岩先生为沧浪诗社首任社长，著名学者、苏州大学终身教授钱仲联先生和著名书画家、苏州市政协副主席谢孝思先生担任名誉社长。

韩秋岩先生（1899—2001），江苏泰兴人，著名机械工程学家、书画家、诗人。早年留学法国、意大利，历任中央大学、苏州工专、江南大学、河南大学教授。壮岁西行，历任玉门油矿，西安农机厂工程师。1965年从陕西机械研究院退休，1975年回苏州定居。"文革"后曾任苏州市政协常委，苏州国画院兼职画师。耄耋之年仍坚持冬泳、长跑，获"全国健康老人"称号，九十三岁加入中国共产党。

韩秋岩先生书画师法徐渭、朱耷、黄慎，用笔淋漓浑厚，跌宕生动，不以形似为能，而以抒发胸中块垒为快。往往随意数笔，即成精品。字擅行草，卓然名家。诗工题画七绝，天真烂漫，与书画相得益彰，堪称三绝。

作为创社社长，韩秋岩先生主持诗社工作七年，筚路蓝缕，敢为人先，抓创作、办刊物、组织学习、开展采风、发展成员、办厂筹钱，为沧浪诗社的发展奠定了基础，确定了方向。

1991 年底，时已九十二岁高龄的韩秋岩先生辞去社长职务，由石琪先生接任。

石琪先生（1928—2015），山东莱阳人，早年参加革命。曾留学苏联，长期在共青团中央工作。20 世纪 80 年代调来苏州工作。先后担任苏州市副市长、苏州市人大常委会副主任。擅诗词、工书法。其作品重性情，重意境，蕴含着深沉的历史感和浓郁的时代精神。

石琪社长任职期间，除了继续编辑出版诗刊、组织学习采风之外，还报请市民政局批准，在沧浪诗社基础上组建苏州市诗词协会，两块牌子一套班子。其任内所完成的另一件意义重大的工作是创办苏州市诗词进修学校（后根据教育部相关要求改名为"苏州市诗词培训班"），先后招收八期学员，累计培养两百多名中青年诗词爱好者，充实了诗社骨干队伍，改善了社员年龄结构。石琪先生主持诗社工作十年。2001 年换届，经他提名，社员大会通过，由魏嘉瓒先生出任沧浪诗社第三任社长。

魏嘉瓒先生，江苏沛县人。1963 年毕业于徐州师范学院（现江苏师范大学）中文系。20 世纪 80 年代调来苏州工作，先后任苏州市政协副秘书长、苏州市文广局副局长。魏嘉瓒先生学问渊博，才华横溢。他是苏州园林史专家，20 世纪 90 年代所撰《苏州历代园林录》《苏州古典园林史》影响很大，奠定了他在这一领域的重要地位。他痴迷赏石，收藏甚丰，曾著《石韵》一书，以诗配石，图文并茂。其诗以五七言近体为主，或狂放率性，或深沉厚重，瑰玮奇崛，出人意表。

魏嘉瓒社长主持诗社工作十四年期间，对诗社的常规性工作继续加以完善提高，同时拓展工作范围，增加活动内容，成立了毛泽东诗词研究分会、吟诵分会等。尤为突出的是开展抢救传承古诗文吟诵工作，把几近失传的"苏州吟诵"发扬光大，并先后成功申报为苏州市和江苏省的非物质文化遗产，魏嘉瓒先生和苏州大学汪平教授被确定为"苏州吟诵"

传承人。2015年春，魏嘉瓒先生辞去社长职务，推举我出任沧浪诗社新一任社长。

历经三任社长三十多年的持续经营，沧浪诗社从成立之初社员不足百人到现今近五百人，遍布苏州各区市（县），各项工作也已形成制度。每周五上午准时开讲的公益培训讲座，每年春秋两期按时出版的《姑苏吟》诗刊，以及元宵雅集、理事会议、诗教创建、采风联谊等常规工作，坚持数十年，专人负责，并不因人事变更而影响其正常运转。自我接手诗社工作以来，萧规曹随，遵循旧制。对于公益培训讲座，增聘学有专长的高校教师和中学高级、特级语文教师来社授课，建立相对稳定的讲师队伍，拓展课程内容，提高讲座水平。对于《姑苏吟》诗刊，增聘较为年轻的社友，充实编辑人员队伍，更新栏目设置，切实提升编纂质量。在采风联谊工作方面，加强同吴江、昆山、太仓、常熟、张家港等各区市（县）兄弟诗词组织的互动交流，有分有合，轮流做东，一唱众和。在诗教创建工作方面，按照苏州市文联相关部署，对照《苏州市社会组织评估实施办法》，认真实施了社会团体组织等级评定申报工作。在2016年通过3A级社会组织（2017—2022）评定的基础上，2018年又顺利通过了4A级社会组织（2019—2023）评定。2023年经中共苏州市级机构工委批准组建了功能型党支部，并顺利通过了五年一度的4A等级复评。此外，与苏州中学共建诗词讲习所，培养青少年诗词创作人才，成绩斐然，得到多家新闻媒体关注。

作为诗词社团，沧浪诗社的要务或正业必然是带领社友创作更多更好的诗词作品。那么鉴别诗词作品水平高低有什么标准？借此机会，我愿重申诗社历来遵循"传统格律，时代精神，地方特色，形象思维"十六字诀。所谓"传统格律"乃是旧体诗词世代传承的形式规范，包括用韵、句式、平仄、对偶等。诗有诗律，词有词谱，背弃了格律规范，就不再是传统诗词，也就无法用诗词的标准评判其好坏了。所谓

"时代精神"是提倡用诗词反映现实生活，呼唤时代风云，抒写自己的真情实感和精神风貌，而不是一味玩弄词藻，无病呻吟。苏州的山水名胜、历史人文、时代风云和发展变迁，是诗人取之不尽、用之不竭的创作素材。所谓"地方特色"就是要求社友多写苏州，写好苏州，从内容到形式都努力体现苏州风格、苏州特色，用诗词为苏州的城市文化建设作出新的贡献。所谓"形象思维"是对诗词表现方法的基本要求，形象生动而忌概念，语言含蓄而忌直白，重意境，重美感，不以口号、谩骂入诗词。当然这些都还只是诗词的基本要求，如何经由"格律声色"的初阶进入"神理气味"的境界，尚有待我们在创作实践中不断切磋探索。

自 2015 年元宵节接任苏州市诗词协会和沧浪诗社会（社）长以来，转眼已是九年，当初约定的十年任期接近尾声。适逢沧浪诗社建社四十周年，"四十而不惑"，不惑之庆，岂可草草？除紧锣密鼓地筹备甲寅（2024）元宵雅集、向海内外吟友广泛征集贺诗贺词而外，去年 8 月就刊登征稿启事，发动广大社友，聘请编校人员，着手编集近十年（2014—2023）间，苏州市诗词协会和沧浪诗社诗友自创自选的诗词作品，要求严守传统格律，贯注时代精神，体现姑苏特色，从不同的角度表现热爱祖国、热爱家乡、热爱生活的情怀心声。征集工作历时一年，提交作品的社友共计二百五十一家。为了抓紧时间，编选工作与征集工作同步进行，由编校人员对每一首应征作品进行严格的初审、复审和终审，与作者反复沟通，保证其格律规范和艺术质量。每位诗友入选三至五首作品，附有自我简介，以生年排序。从而贯彻"以诗存人""以人存诗"的宗旨，较为真实全面地反映这十年间苏州诗人的创作风貌，也可谓一时一地之风雅吧。姑名此集为"沧浪风雅录"，作为沧浪诗社建社四十周年的珍贵纪念。

感谢与我风雨同舟的苏州市诗词协会和沧浪诗社第七届、第八届理事会全体成员，感谢慷慨资助《沧浪风雅录》出版的诗词界热心人士，感谢每一位关心诗词工作的会员社友。愿传统诗词之花永远盛开在姑苏大地上，为我们的时代增光添彩。愿沧浪诗社不断为中华诗词的传承振兴注入姑苏力量，为更多诗词爱好者营造修身养性的良好氛围，成为当代苏州社会生活中不可或缺的一片绿地，一道清泉。

周秦

2023 年 10 月于寸心书屋

李克夫

李克夫，男，1919年4月—2013年5月，江苏盐城人。1942年参加革命，历任苏州市统计局局长、计委主任等职。离休后师从蒋吟秋、祝嘉学习诗词书法。曾任苏州市诗词协会和沧浪诗社常务理事、常务顾问等。入编《中华诗词学会人名词典》《中国当代艺术界名人录》《中国当代诗词楹联精选》《中国艺术人才书画作品展》等。

古吴吟秋

江城集锦园林化，枫叶如丹写臆胸。
玉露宵寒松菊茂，金风晚熟稻粱丰。
雁群一字远而近，蟹味三秋肥则浓。
橘海湖光山色丽，渔帆万点绕奇峰。

隆冬咏梅

寒月东风第一枝，横斜疏影玉光移。
江南春早侬争秀，雪里寻芳尔独奇。
欲语难言如旧识，深情有意透先姿。
冰条藏叶含花萼，正是乾坤不夜时。

苏城赏菊

万紫千红冬腊前，百花殆尽独鲜妍。
秋高气爽凝霜放，淡月疏枝瘦蕊全。
欲与柏松操晚节，不同桃李笑尘烟。
陶公赞赏南山美，我爱姑苏丛菊天。

鲍光庆

鲍光庆，男，1921 年 3 月—2017 年 3 月，安徽芜湖人。大学副教授。

神品盆栽

柏塔层层绿，吟风冉冉来。
姑苏园艺手，诗画一盆栽。

姑苏情

小桥流水过人家，细语吴侬叫卖花。
塔影层层钩记忆，虎丘情韵品新茶。

忆江南

姑苏好，吴歈韵声浓。茉莉花开香一朵，太湖烟水
美千重。小曲漾春风。

徐文魁

徐文魁，男，1921年3月—2019年7月，江苏盐城人。中华诗词学会会员。曾任江苏省诗词协会理事、苏州市诗词协会和沧浪诗社副会（社）长、吴中诗词协会名誉会长。

有　感

早春二月不寻常，绿柳丝丝杏出墙。
日丽风和山水秀，孤灯难与诉衷肠。

丙戌欣逢双七夕

一天银汉白茫茫，织女时时盼断肠。
更喜今年非昔比，鹊桥两次渡牛郎。

忆江南·吴越事

吴越事，得失在人为。逆耳忠言诛伍子，苏台响屦醉西施。国破悔时迟。

施 仁

施仁，男，1922年2月—2018年1月，江苏常熟人。中华诗词学会会员。长期从事苏绣艺术画稿设计及刺绣研究，1996年被授予江苏省工艺美术大师。

春日闲坐

国祚清明万象欢，和风晴丽拂栏杆。
三杆檐下春光暖，盏茗手持胸意宽。
邻妇闲谈乡里事，幼孙绕膝画图看。
青山依旧围城郭，老眼斜阳不觉残。

芦 芽

东风春月意扬扬，傍水芦芽渐日长。
沙渍江边根蔓迤，淤泥湖沼嫩身藏。
下喉一盏清凉肺，入肚三焦润曲肠。
潮汲闲农勤识集，岐黄本草是良方。

春朝访画友不遇

瑞雪拥门移步迟，空庭寂寂了无知。
连年新旦卧医度，明事春朝老嫂持。
体弱养颐轻疾治，强身还得卫阴资。
神情乐道护生法，腕底东风落柳丝。

高　扬

高扬，女，1924 年 4 月— 2017 年 11 月。中华诗词学会、江苏省诗词协会会员，常熟市诗词协会名誉理事。

朱日和建军节大阅兵

沙场酷暑热军营，华夏雄师大阅兵。
迷彩清纯如草麦，备装威武举旗旌。
敌顽蓄意先来犯，劲旅寻机必请缨。
莫道睡狮犹未醒，且看亮剑孽妖平。

忆江南·虞山美

虞山美，林木郁葱葱。亭寺交辉芳草绿，峰峦环抱彩霞虹。古墓独看雄。

唐多令

移步上南楼。相思无尽头。倚芸窗、往事如流。风雨飘摇甘苦共，又谁料，鹤难留。

天地两悠悠，耄年志未休。网络游、视野乘舟。雨过天青余韵在，明月夜，咏神州。

董士奎

　　董士奎，男，1924 年 11 月生。抗战老兵，苏州军分区离休干部。江苏省诗词协会和解放军红叶诗社会员，苏州市诗词协会和沧浪诗社原副会（社）长。出版自创诗词集两册，作品曾在军内外多种刊物发表。2023 年 12 月获苏州市诗词协会和沧浪诗社授予"百岁诗翁"荣誉称号。

老兵新传

解甲修文第二春，晨昏展卷乐无垠。

当年征战开新路，诗苑今朝又显身。

腊梅赞

地冻天寒百卉藏，唯君含笑吐芬芳。

铮铮铁骨傲霜雪，无畏冰封任自狂。

颂毛泽东主席

华夏伟人天下崇，兵韬文治震长空。

驱云散雾晴晖艳，开国兴邦万代功。

周养志

周养志，男，1926年9月生，江苏句容人。定居苏州。苏州市书法家协会会员。

漫步夕阳

春半空中柳絮飞，城河两岸杏花肥。
熏风吹得人陶醉，踱步斜阳赏晚晖。

八八抒怀

人生七十古来稀，米寿怡然上翠微。
不学横刀迟暮舞，何妨遣兴赋春晖。

勉励孙女

嘉莹画展喜成功，万里行程第一踪。
莫学昙花凭一现，要为翠柏傲苍松。

沈惠钧

沈惠钧，男，1926年12月—2022年3月。吴县教师进修学校退休教师。

盆景诗三首

五针松

佳木植陶盆，松针浥翠尊。

芳菲酣蝶梦，雅洁醉蜂魂。

青　藤

沧桑历尽一身骨，沃土情深润玉根。

春雨潇潇新叶乐，青藤款款也温存。

势插苍穹

雍容大度立盆中，睥睨苍穹气势雄。

何处曾经得相识，山庄今日又重逢。

陆承曜

陆承曜，女，1927年3月生，江苏苏州人。早年毕业于上海震旦大学女子文理学院中文系，从事教育教学工作三十五年，中学高级教师。沧浪诗社创始人之一。曾任苏州市档案馆征编顾问，苏州市文化研究会常务副会长，主编《传统文化研究》。著有《剑魂与诗魂》诗文集。

夜游护城河

灯舫波粼逐水行，月华万里半河星。
垂杨两岸明如昼，天上人间无渭泾。

咏牡丹

华贵雍容冠众花，洛阳风韵满城霞。
朱门今日春何在，早入寻常百姓家。

洛神凌波
——为吴江静思园题石

亭亭一石绿涯边，宛若凌波洛水仙。
倩影临流云髻秀，玉人待月夕辉妍。
朱唇欲启却无语，莲步轻移又不前。
伫立凝眸何处是，素心永寄静思天。

常熟虞山采风

轻车疾进逐秋光，满座诗人兴意长。
言子墓前寻礼乐，昭明台上觅文章。
采风似觉尚湖暖，探胜岂知瀑布凉。
红叶凝霜人未老，虞山吟咏满词囊。

李 馨

李馨,女,1927年11月生。苏州医学院离休干部。曾任苏州市诗词协会和沧浪诗社理事、《姑苏吟》编辑。

晚 景

亮丽晨曦透小窗,喳喳雀躁唱晴光。

四肢僵缩轻轻动,双目蒙眬缓缓张。

日日勤劳求体健,时时用脑学词章。

邦昌民乐争高寿,岁月流年引兴长。

临江仙·习近平书记谈"中国梦"有感

壮志情怀凭梦想,一言九鼎萦牵。人民追梦喜无边。沐风几代,合力染旗妍。

发展和平兴大国,民安乐业雄篇。中华璀璨蔚蓝天。精英引领,十亿正挥鞭。

水调歌头·中国抗日战争胜利六十九周年感赋

"七·七"话今昔,愤慨激情留。山河破碎狼烟,蹂躏铁蹄囚。地北天南雾笼,荼毒生灵烧杀,血雨遍神州。叱咤雪霜路,合力抗豺狼。

历八载,金瓯保,凯歌酬。卢沟晓月,滔滔春水向东流。无际银涛波涌,气势如虹胜景,中国梦悠悠。虎视眈眈在,举首必凝眸。

汤鹤筹

汤鹤筹，女，1927年11月生，江苏海安人。苏州中医院离休干部。中华诗词学会会员。多首诗词在《中华诗词》等报刊发表。

荷塘月色吟

荷塘月色景悠悠，百媚千娇不胜收。
黄歇封疆今更美，红红绿绿系春秋。

喜看世乒赛打乒乓

2016年3月6日中央五套直播世乒赛男团决赛，兴起，即时举办家庭乒乓赛。

喜随世赛争球王，手抖眼花心气昂。
四代同场鏖战激，九旬怎敌少年郎？

浣溪沙·四走健身步道感赋

九十年华阔步行，健身步道绕苏城，今风古韵几多情。
乐与河流谈巨变，笑和城垛计遐龄，画中穿越喜盈盈。

张天籁

张天籁，一名家华，男，1927年11月—2022年12月，苏州人。

题金鱼戏萍图

碧水风轻皱，绿萍涟上歌。

裙翻多婀娜，霞彩映清波。

题 菊

飒飒西风黄叶飞，萧疏庭院百花稀。

只今唯有东篱菊，斗冽傲霜更著辉。

鹊桥仙·华夏春煦

朝阳浴海，江花胜火，丽水百舸竞渡。铿锵锣鼓振人心，放眼看、英豪无数。

往时如梦，全心追梦，何惧雾霾遮路。空天一体耀光芒，旭日起、风和春煦。

陆 恒

陆恒，女，1928年8月—2021年10月，生于苏州，湖州籍。中共党员。1999年加入沧浪诗社，多年在苏州广电专题节目中推广诗词。1993年被授予司法部司法行政二级金星荣誉章，2009年被评为全国离退休干部先进个人，2018年获苏州市最美老干部奖，陆续捐款超十万元。

卜算子

日夜大江流，晨雾追飞鸟。万里江山变幻中，惟爱花枝俏。
莫叹柳絮飘，谁说青松少。但有心花齐竟开，到处春光好。

清平乐·狮子林

石狮变幻。真假何需辨。是石是狮人共见。却又卧云重现。

天意难夺人工。假山真洞迷宫。拐李纯阳束手，画棋对弈听钟。

蝶恋花·春

杨柳依依春色好。春雨潇潇，一夜花开了。来去匆匆春又老。春归何处谁知晓。

春满人间人总笑。欢笑声中，不觉红渐少。唯有心花红更俏。年年岁岁迎春早。

徐植农

徐植农，男，1928年11月—2021年9月，苏州人。早年毕业于东吴大学，在山东淄博从事教育工作三十六年。离休回苏后，曾任沧浪诗社副社长、苏州市老年大学诗词班和诗社诗词培训班教师。

题《思齐楼书信集》

故人华翰积如山，落叶秋风意不安。
且辑椠文三百页，纷繁旧事镜中看。

题《藤荫信步图》

蔓枝流走影婆娑，着意藤花梦蝶多。
我自徜徉春一角，且凭夕照咏清和。

点绛唇·诗缘

北客归来，故园新韵知多少。碧波飞鸟，春色湖山早。
不尽诗缘，万寿宫中了。斜阳照，回眸一笑，一地青青草。

浣溪沙·过客

入暮池亭锁绿红，细风犹自过芳丛。淡香和月已朦胧。
春去春来春不住，日升日落日难穷。人间过客也匆匆。

渔家傲·太湖大桥

骀荡春风胥口柳，湖桥十里烟波走。三岛连珠风物茂。
飞重囿，锦鳞花果同心藕。

倩倩长虹通九薮，波光滟滟云龙友。骚客三杯金谷酒。
兴来否，醉吟新貌诗千首。

龚 涛

龚涛，男，1928年12月—2018年8月，苏州医学院退休干部。江苏省诗词协会会员，曾任苏州市诗词协会和沧浪诗社理事。

夜过沧浪亭

气清神爽悦天晴，漫步沧浪思古亭。
明丽当空恬静夜，平池影月醉浮萍。

即景感怀

一

百里青山绿映天，穹窿咫尺意缠绵。
感君今日同行去，满腹忧伤化碧烟。

二

好景由来醉眼看，忘愁赞叹白云山。
春光引我明晴路，步入天堂心地间。

释贯澈

释贯澈，男，1929年12月—2020年7月，江苏大丰人。曾任苏州市诗词协会和沧浪诗社理事、江苏省佛教协会顾问、吴中区佛教协会名誉会长、吴中区西山包山禅寺住持。

包山八景选三

毛公积雪

人去物还在，年长草木荣。

芜阶寻胜迹，唯有鸟蛮声。

月满经楼

经楼满月光，幸尔复西墙。

梵典万千卷，径山今得藏。

禅林天香

显庆高僧自古存，开山元老皓神尊。

青春香茗金秋菊，迈岁花明又一村。

顾　森

顾森，男，1929年7月生，江苏东台人。大专学历，离休干部。中华诗词学会、江苏省诗词协会会员。曾任苏州市诗词协会和沧浪诗社理事、《姑苏吟》副主编。著有《耕鱼斋诗稿》一、二、三集。

泪读《胡笳十八拍》

展卷胡沙扑面来，半携酸楚半衔哀。
腥膻暴染含香玉，烽火劫余被垢灰。
梦里呼儿惊惝恍，云边谢国仰崔嵬。
忍将泣血锥心学，化作胸中万壑雷。

观看电视中国成语大会

轮番结对扮双簧，过海全凭自主张。
方赞飞舟波滚滚，忽叹折戟泪汪汪。
两军胶着勇兼智，一步棋高弱转强。
台上屏前同跃跃，心弦绷紧盼穿杨。

高阳台·三大阅兵

花木葱茏，旌旗灿烂，长安大道恢洪。欢乐人群，饶歌笑语相融。阅兵盛典声威壮，气昂藏、个个英雄。看今朝、友好宾朋，际会云从。

三军将士排方阵，有钢车铁甲，剑指苍穹。奋翮神鹰，瞬间焕彩长空。铭心历史怀英烈，警未来、研砺兵锋。更欢呼、壮丽神州，赫日天中。

詹一先

詹一先，男，1929年11月生，苏州吴江人。曾任吴县政协副主席、苏州市诗词协会和沧浪诗社副会（社）长。

青藏铁路通车

一

雪域梦圆新世纪，神州奇迹万年留。

长龙飞舞通天路，科技攻关创一流。

二

致富边疆大道开，更为商旅供平台。

春风细雨牛羊乐，碧野源源贵客来。

忆江南·姑苏美

姑苏美，深巷卧桥虹。瑰宝园林名世界，丝绸工艺五洲通。处处百花红。

张 及

张及，男，1929 年 11 月—2022 年 2 月，江苏镇江人。中共党员，离休干部。1949 年参加解放军，长期从事文化工作。1988 年定居苏州。曾任苏州市诗词协会和沧浪诗社副会（社）长、《姑苏吟》副主编。

再上包山寺抒怀

水抱西山山抱寺，烟云杳渺引神驰。
三杯浊酒霜枫醉，独坐莲台日月思。
披发八年心本澈，藏书万卷性缘痴。
长桥一线凌波驾，天上人间任所之。

大运河抒怀

邗沟始凿记吴王，交会"双龙"忆故乡。
滴汗成河穿五水，放舟派对系京杭。
丹心碧血千秋月，灯火枫桥百代霜。
渐淡晨星消晓雾，寒山喝彩沐朝阳。

鹧鸪天·抗日战争胜利七十周年抒怀

竹海松涛动暗香，血腥往事总难忘。东邻西学成禽兽，北斗南移解雪霜。

持久战，聚微光，兵民敌后造汪洋。阋墙兄弟同歼敌，戴月披星沐艳阳。

张明善

张明善，男，1930年2月生，江苏镇江人。中共党员，苏州市粮食系统离休干部，经济师职称。

黄梅雨

春雷生霹雳，一夜实难眠。
瀑泻千花泣，风狂万马颠。
江山穷啸傲，景物负喧妍。
又是黄梅节，心惊雨满川。

天平山

人争一线望苍天，我爱斯山气浩然。
古屋依林松柏翠，小亭傍水桧枫妍。
孤忠耿耿垂寰宇，大节堂堂耀陌阡。
临境若将忧乐悟，廉风常驻白云边。

西江月·登阅江楼

一揽烟波浩荡，江天何觅沧桑。呼楼两记话兴亡，好个东坡豪放。

展望锦程春路，笑他黄发秋霜。东流逝水映斜阳，啸傲阅江楼上。

金　焕

金焕，女，1931年2月生，浙江嘉善人。中共党员，苏州市文化局离休干部。曾任苏州市诗词协会和沧浪诗社理事、苏州市文联艺术指导委员会副秘书长。著有《滴水集》、《四友吟草》（合著）。

喜迎党的二十大

小小红船赤帜扬，九洲清晏历沧桑。
人民万岁丹心铸，家国千秋碧血彰。
为有牺牲多壮志，感怀英烈固金汤。
新征程上明灯亮，击浪擎帆照远航。

读姑苏晚报《待无恙君再来访苏州探江南》

沧浪之水浊犹清，醉却古今骚客情。
漫引申娥觅经典，徜徉前宋织精英。
奈何病毒呈猖獗，了得吴侬抚太平。
相约君来待无恙，江南探秀访苏城。

酒泉子·清明寄语

长念灵岩，细雨斜风人独倚。清溪泛得五湖舟，佳话历千秋。

乃何忠骨依山去，战马海涯共谁语。放怀愁与断肠诗，了寄永相思。

程璧珍

程璧珍,女,1931年6月生,江苏苏州人。苏州市政协离休干部。

又见腊梅开

迎面冬梅老伴栽,寒风为我送香来。
百花零落嫣红尽,独占枝头长盛开。

忆江南·江南雪

心仪雪,飞舞弄新柔。朵朵絮棉沾玉树,丝丝百羽冷香浮。片片恋枝头。

渔家傲·有感

回首长征艰苦路,百年不倒红旗舞。霞映雪山千仞处。征程赴,齐歌慷慨衷情诉。
壮士千秋驰夺路,心中有党穿迷雾。万里天涯真情诉。东风妒,且看全国家家富。

张宏生

张宏生，男，1932年2月出生，江苏无锡人。江苏省诗词协会会员。

己卯重阳参观吴县东山宾馆

向往东山久，黄花几度开？
金秋游故地，神爽上瑶台。
宫阙半山隐，宾朋四海来。
登高遥目处，天水任云裁。

抗疫礼赞

风云突变江城急，疫疠违常乱宇寰。
医护逆行驱病毒，中西结合克难关。
披星戴月无眠夜，救死扶伤解世艰。
昨日请缨悲壮去，今朝载誉凯歌还。

卜算子·咏寒梅

庭院一枝梅，玉立寒窗外。傲雪凌霜独自开，香冷无蜂采。
不计利和名，奉献贞和爱。点缀冬春破寂寥，唤醒花如海。

叶奕万

叶奕万，男，1932年6月生，江苏吴县人。江苏省木渎高级中学高级教师，曾获江苏省先进工作者称号，出席省文教群英会。江苏省诗词协会会员，苏州市书法家协会会员。

抗日战争胜利七十周年有感

衅起卢沟倭肆虐，腥风血雨记悲歌。
中华洗耻吟雄赋，圆梦兴邦天下和。

共襄中华多奉献

沧桑归正道，桃李满园红。
茂苑凤鸣曲，塔桥龙跃空。
驰波惊日短，御网伴星终。
世上无难事，人间有杰雄。
苍生心枕梦，赤县气如虹。
毋忘春晖暖，镌铭共大同。

鲐背抒怀

九秩年华若水流，茫茫尘海任沉浮。
呕心桃李乌时月，化雨春风孺子牛。
曲雅动情飞茂苑，诗新豪放咏长洲。
乍逢危难仁人助，愧未涌泉常有愁。

吴企明

吴企明，男，1933年5月生，苏州人。苏州大学文学院教授。曾任苏州市诗词协会和沧浪诗社副会（社）长。

偕门人登石公山望湖

浮玉堂前望具区，烟蒸云霭远岑浮。
门生出语真奇绝，淡墨染成山水图。

丁亥初秋和项大列诗友游城皇山道院步其韵

气清天迥陟城皇，楼观逶迤庄又康。
云护溪泉曾涤面，药香茅舍却扶伤。
诗翁想象神飞逐，羽客遐思鹤舞翔。
何日南山重订约，峰头共赏太湖乡。

沧浪玉毫联吟曲

炎炎六月酷暑天，骚客兴高辞南郭。
铁马乘风过长桥，须臾已入深山谷。
包山坞里山包寺，满月楼头月满阁。
阁藏佛经法圆通，寺多诗僧韵丰足。
今朝喜鹊叫喳喳，沧浪玉毫联吟读。
一人唱罢二人连，秀句清辞诗盈屋。
聆香不缘繁花开，阅音还为修竹绿。
缁衣华服服不同，一样诗禅得其乐。

戴树珊

　　戴树珊，女，1933年6月生，江苏泰县人。苏州沧浪少年宫离休干部。曾任苏州市诗词协会和沧浪诗社理事，市文联艺术指导委员会副秘书长。作品曾获2012年中组部主办的全国离退休干部诗书画展三等奖，2016年苏州市诗词大赛优秀奖。2013年出版《银杏树》个人诗书画集。

题自画丝瓜小鸡

闲来自得作农家，小院墙旁学种瓜。
爱向田园寻画稿，丹青未必写名花。

祭伍员感赋

年年端午祭涛神，掬水留香醒后人。
蒲剑悬门除鬼魅，兰汤沐体荡埃尘。
馋言媚语君王惑，贪腐荒淫道德沦。
忠谏英灵当永在，晴川万里日长新。

满江红·情暖两岸

　　五月花开，终染得、江山春色。连宋旅、问根寻祖，应邀为客。六十春秋东海隔，破冰送暖前嫌释。倾心诉、相见恨犹迟，情亲炙。

　　消对立，求共识。襄盛举，标丹册。笑虮蜉谋独，折戈沉戟。华夏子孙成一统，双赢双利双添翼。共同心、携手振中华，谁能敌。

李务民

李务民，男，1933 年 10 月生，上海南汇人。十六岁参加革命，离休干部。曾任苏州市诗词协会和沧浪诗社理事。

东方之门观姑苏新貌

一见高门天界开，金鸡展翅任徘徊。
层楼栉比凌空立，地铁纵横去复回。

相城荷塘月色

万亩银盘绽碧莲，荷香似海了无边。
诗情更待晴明夜，可见嫦娥问泊船。

长江夜航

万里洪波向海流，船灯不尽穿梭稠。
长虹迭出凌空立，锦绣江山恒古留。

崔以军

崔以军，男，1934年2月—2020年10月，常熟人。曾任苏州市诗词协会和沧浪诗社理事，常熟市诗词协会副会长、碧溪街道江花诗词协会名誉会长。

姑苏吟

三度春风柳，千年格律纯。
白云移秀谷，细雨浥轻尘。
笔扫污邪假，心吟美善真。
姑苏生命茂，代代有新人。

秋老虎

秋凉才入室，暑气又生威。
绿叶垂头懒，乌金挟火飞。
了无风习习，空幻雨霏霏。
挥汗何须怨，天公不可违。

中国梦

春风酥大地，希望正飞翔。
学府开才智，松林步健康。
楼台花弄影，道路树呈祥。
瑞雪平安夜，温馨寸寸香。

邢 烈

邢烈，男，一名公望，1934年2月生，原籍张家港。大专学历，经济师。1949年5月参加中国人民解放军，1994年离休。中华诗词学会、江苏省诗词协会会员，曾任苏州市诗词协会和沧浪诗社理事，《姑苏吟》电子月刊创办人及常务副主编。

山塘即景

塔影微斜入暮秋，山塘碧岸展风流。
茶楼倚翠琴声雅，酒肆临河笑语稠。
黛瓦檐前风飒飒，彩云桥下韵悠悠。
长街一派繁华景，水跃山欢乐未休。

黄昏咏

纵使无戈挽夕阳，黄昏也有好风光。
华灯万盏应时耀，嘉卉千枝入夜芳。
云外寒星追曙色，天边明月照辉煌。
此情未可花银兑，畅叙三朝鹤寿长。

采桑子

无心触那牵肠事，忆念深长。念念深长，欲卸愁思无主张。
有心诉说牵肠事，无计思量。未敢思量，万水千山隔远洋。

蝶恋花·春暮

　　既过清明交谷雨。燕子双飞，闲听山鸪语。杨柳枝头飘柳絮，东风报道春将暮。

　　满眼春光留不住。彩蝶多情，怎奈花相负。一任飘零风卷去，斜阳直向黄昏度。

张文鋆

张文鋆，男，1934年2月生，苏州人。曾任苏州市诗词协会和沧浪诗社理事，苏州市诗词进修学校首任校长。

余杭山沟观瀑

一

云泉风壑雨中行，簌簌竹林雷电声。
万物已随春气改，双龙腾起振苍生。

二

皓首扶荆绿影中，山沟不改旧时风。
悬崖飞瀑参差是，远见群楼映昊空。

浣溪沙·读潘君明《苏州诗咏一千首》

千首九章绝妙辞，细心拜读学君诗，馨香玉句万年芝。
诠证勾吴今古事，揄扬风物后生知，精工力作德才资。

张洪涛

张洪涛，男，1934年3月生，苏州人。北京市劳动模范，江苏省诗词协会会员。曾任苏州市诗词协会和沧浪诗社副会（社）长，《姑苏吟》常务副主编。

西山访梅

持筇一路是春阳，渐近徐行鼻底香。
忽感置身蛾媚国，举眸远悦淡浓妆。

抗战胜利七十周年感怀

烽火疏离七十年，倭奴蛰伏远东天。
贪婪之梦犹难歇，利箭毋忘控在弦。

早春饮马桥畔望河柳

河桥杨柳渐朦胧，望里绿烟低暖风。
着意东皇裁翠服，先教吴郡碧盦中。

费之雄

费之雄，男，1934年6月生，浙江湖州人。曾任苏州市诗词协会和沧浪诗社理事，中国书法家协会会员、苏州市书协顾问，中国楹联学会名誉理事，中华费氏宗亲会名誉会长。

剥粽有感

伍相蒙冤尸堕江，立祠崇祭世流芳。
百年吴俗端阳后，重演屈平吟国殇。

江南智慧赞

景秀物华千业盛，天堂处处亮明星。
精微文雅融奇巧，犹仗江南智慧灵。

忆江南·沧浪诗社

姑苏美，诗脉继沧浪。古韵今风追意境，联珠堆玉绣篇章。冰雪亦如常。

余广彤

余广彤，1934年10月生，山西万荣人。苏州大学离休干部。苏大重阳诗社原副社长。著有《汾南王传奇》《费达生传》及诗集《娄滨诗草》《莳南吟稿》。

赞中卫治沙

治山改水不稀奇，中卫能推大漠移。
美景坡头游客醉，五洲誉满一红旗。

花　棒

根系能经干旱苦，杆枝勇抗雪风摧。
红花粉嫩有奇志，不与群芳争艳魁。

无人机收稻

机器耕收已占先，无人驾驶更超前。
卫星天眼遥监控，此处莫谈苦种田。

赵德明

赵德明，男，1934 年 10 月—2017 年 11 月。苏州教育学院教授。曾任苏州诗词进修学校教师。

清　明

清明冷雨又经过，碑石风中自渐磨。
几树枝头春欲尽，落花不似泪花多。

山　溪

潺潺淀淀绕山前，如诉如歌记逝年。
溪水不知人易老，依然汩汩入东川。

春　残

水田漠漠静听蛙，寂寂山村未见花。
蛱蝶纷纷飞散去，不知春色在谁家。

曹苏生

曹苏生，男，1934年12月生。军队退休干部。

月

朦胧诗意夜，秋暮唱春华。
心寄千家梦，情牵天女花。

采桑子·有感

少时漫醉鲜红日，身映鲜红。神映鲜红，几月同窗相契浓。
老来叹赏朦胧月，心也朦胧。情也朦胧，万日音消碎梦同。

谒金门·贺沈海融张桂兰伉俪新喜

天也喜，春闹花娇人祉。前世姻缘今世继，共酿和
合美。

沈醉桂香兰恣，张揽海情融意。琴瑟谐熙心镜挚，
唱支新曲记。

张幼兰

张幼兰，女，1934年12月生，江苏扬州人。江苏省诗词协会会员。

牵牛花

霞绯浅紫出身微，不计娇颜屈陋扉。

随遇而安攀绕上，向阳着意报春晖。

菩萨蛮·机上看云

飞机翼下堆堆雪，碧空万羽朝天阙。或驻翠微巅，时临瀚海渊。

风悠如扯絮，风仝丘山聚。风散即无涯，敢询何处家。

渔家傲·端阳

碧柳凝思波献祭，胥江犹证吴王罪。蒲剑粽香堪品味。虽往矣，千年青史还须记。

物候兴邦春遍地，天澜川雨传新意。四海风潮规法纪。齐振臂，龙舟载梦欢声里。

陈树清

陈树清，男，1935 年 11 月生，江苏常熟人。苏州市文化局退休干部。

久旱逢雨

夜半迷糊淅沥重，未思天漏独疑虫。
醒来洗耳暗心喜，久旱盆栽欲吐红。

三姓同胞聚会姑苏

同胞仲叔改门户，一别浮云八十春。
斑鬓聚欢情似旧，辛酸不吐笑天伦。

姑苏护城河健身步道

咫尺喧车马，耳边鸣鸟多。
今修环郭道，旧筑护城河。
古岸垂青柳，曲池生白荷。
大腰成小肚，人寿唱新歌。

程启瑞

程启瑞，男，1936年8月生，军队退休干部。

望 乡

台湾海峡水茫茫，阿里山头望远方。
是弟是兄如手足，同根同祖共炎黄。
息戈化帛神州睦，圆梦兴邦华夏昌。
广宇霓虹风雨过，老来结伴好还乡。

抗日八百勇士坚守四行仓库

八百哀兵志未休，铜墙铁壁弹痕稠。
豺狼妄做三天梦，勇士坚持终日遒。
举国揪心怀敌忾，全民关注寄同仇。
壮歌一曲垂青史，华夏男儿硬骨头。

鹧鸪天·农民工

背井离乡去打工，甘为城市立新功。高楼造好吾身退，大道修成天堑通。

熬酷暑，斗寒风，黧颜茧手百忙中。不求贡献多回报，但愿归家囊勿空。

徐永端

徐永端，女，1937 年 4 月生于安徽，祖籍湖北汉川。1959 年毕业于南京大学中文系，苏州大学文学院副教授。第七届、第八届全国政协委员，1987 年当选为民革中央候补委员。曾任苏州市诗词协会和沧浪诗社理事。著有《黄遵宪》《吟边梦忆》。

纪念南社成立一百周年

风雨鸡鸣欲曙天，当年诗思涌如泉。
伤时南社书生泪，留取丹心后世传。

农场忆往

春山寂寂雨丝丝，细采均匀又恐迟。
耳畔忽闻慈母唤，如痴如梦立多时。

忆江南·赞沈祖棻

江南忆，枫叶冷吴江。悼绿悲红千滴泪，伤离怨别几回肠。长忆沈斜阳。

清平乐·过沪上安福路故居

楼兮幽窅，驻我魂儿小。泪湿斜阳经故道，人去琴亡天渺。

家园偶现欢容，花开何太匆匆？最是清宵梦断，旧时月影朦胧。

团圆曲

烽烟当日遍人间，背井离乡入蜀山。

一望嘉陵环碧水，八年夔府损朱颜。

吾家小住沙坪坝，山村黄叶秋宜画。

每忆敝庐风雨夕，座上诗人兼学者。

酒阑慷慨涕纵横，问天何日太平春？

华夏何日方振作，富强不畏东西邻。

儿时我也知凄恻，此景此情似昨日。

当时故旧惜分飞，数十年间如电掣。

碧潭日月梦悠悠，潭深千尺酿乡愁。

两岸涛声共呜咽，人间无地可埋忧。

闻说诗人双泪落，葬我高山望大陆。

杜鹃声里送斜晖，等是有家归不得。

一朝开放春潮涌，亲旧相逢恸失声。

同是炎黄亲骨肉，天荒地老此情深。

兄弟于今相倚重，腾飞比翼共轩昂。

隔水盈盈诉衷肠，明珠宝岛早相望。

清辉无限团圆意，旧地吴宫花草香。

诗思蹁跹佳节至，中宵飞梦过鲲洋。

劝君早赋归去来，君不见江山万里花屏开。

河岳层层团锦绣，华严处处起楼台。

遥望南天驰梦想，去临东海唤亲朋。

愿我中华新崛起，金瓯如日照寰中。

列祖列宗也应九泉含笑乐融融。

殷 葵

殷葵，女，1937年10月生，吴江黎里人。1954年毕业于江苏省立吴江师范，在吴江区小学任教至退休。2011年曾获苏州市建党九十周年老年诗词创作比赛二等奖。

恬愉迎春

雪霁天寒辞旧岁，红梅吐蕊报春来。
金牛卸甲归闲去，玉虎整装呼啸回。
曾奏青丝豪放曲，再登白首养生台。
而今莫道桑榆晚，喜看夕阳花又开。

生命天使赞

仁心驱使涉医务，累代岐黄大道同。
救死扶伤酬壮志，悬壶济世树高风。
续将麻醉华佗术，用得奇方扁鹊功。
妙手回春人敬仰，白衣一袭最称崇。

秋 菊

吹尽江芦敲败叶，阶前露结叠成霜。
百花凋谢桐荫薄，三径未荒雏菊黄。
曲槛疏篱迎独秀，瓷盆瓦钵展群芳。
凌寒不惧称君子，婀娜多姿透冷香。

李剑鹏

　　李剑鹏，男，1937年11月—2023年1月，江苏苏州人。中共党员。1950年参加中国人民志愿军，任文化教员。复员后就学，毕业于南京师范大学中文系，先后执教镇江一中，苏州四中。曾任苏州市诗词协会和沧浪诗社副会（社）长，负责诗词培训工作。编著《旧体诗词读写教本》。

蚕

作茧三生愿，吐丝千缕纯。

不沾非分食，绣得百家春。

三月江南

千山云雾百城烟，半是人间半是仙。

水墨江南三月雨，撒欢红绿闹翻天。

水巷秋色

秋雨送凉蚤闹秋，丹枫喷火古桥头。

桂香院落金晖里，好色人家菊抱楼。

大江流爱

滔滔龙咏裹风雷，浪劈重山奔海开。

沃野喧城滋百物，诵诗映画绣千堆。

截成高峡飞红雨，斱下长虹连紫台。

万里催春天地动，大江流爱润溪来。

王士英

王士英，男，1937年11月生，江苏太仓人。大学文化，中学高级教师，曾任中学副校长。中华诗词学会会员，中国楹联学会会员，中国书法家协会会员。

姑苏新容

四野风霜尽，乾坤气象新。

月明苏锦道，春满太湖滨。

梅柳花枝俏，田园草色亲。

四时天地美，吟咏待诗人。

江城子·赞党二十大胜利召开

披荆斩棘向前方。共和昌，百年强。动地弦歌、万事倚天罡。广袤花红川陆醉，城镇美，众朝阳。

长空勋绩展辉煌。探星苍，气昂扬。故国兴邦、二十大春芳。带路强身和万国，鹏正举，志翱翔。

定风波·中华诗词学会函授乐

耳顺恩师教诲声，三年函授且徐行。酌句敲词寻意境。诗兴，老年灯下倍光明。

月白风清秋意冷，坚挺，金乌斜照最温馨。寄往复来关键定。荣幸，也生成果也生情。

文 瑾

文瑾，女，1937年11月生。从事教育工作四十年。

探 梅

踏雪寻幽曲径长，寒梅怒放傲风霜。
凝神仰望飞天白，难挡奇葩绽冷香。

阮郎归·纪念屈原大夫

端阳恭谒楚天祠，哀兮忧怨思。离骚一阕诵清词，
迢迢频蹙眉。

情切切，步迟迟，年年呜咽时。风霜雨雪慨谁知，
满怀忠胆持。

菩萨蛮·咏三清山

道家圣地三清访，逶迤巨蟒山头畅。铃响塔端庄，玉
虚峰绕香。

登临岩鼓宕，举目飞仙望。若与此山傍，丹青随梦乡。

戚惟才

戚惟才，男，1938 年 1 月—2022 年 9 月。苏州市粮食局退休干部。

习书感怀

龙飞引凤翔，华发习书忙。
翰墨缘无尽，挥毫有色香。

中国梦

新枝新叶绽新花，阵阵馨香沁万家。
浩荡春风鹏展翅，尧天一统尽光华。

庆祝香港回归祖国二十周年

雪耻回归二十年，国区双帜耀南天。
香江之水再磨墨，展纸挥毫书锦篇。

龚国澄

龚国澄，男，1938年7月生，江苏太仓人。大学学历，退休教师。中华诗词学会会员。曾获2012年首届"青莲杯"全国廉政诗词大赛三等奖，2013年全球华人咏台山玉诗词大赛二等奖。著有《山水轩诗集》。

减字木兰花·怡园藕香榭周秦教授撅笛吟歌
东坡减兰词即韵咏之

纤云骤定，愧煞黄莺天籁静。绿绮朱弦，玉碎昆山曲韵传。
小桥流水，说尽江南春日意。浅醉如眠，丝梦桐魂绕鬓边。

沁园春·咏老梅恭贺党百岁华诞

老树寒梅，凤态鸾姿，寿考百年。看柯如古铁，霜皮溜雨，根如瘦石，黛色参天。历劫风云，几经冰雪，赢得沧桑诉管弦。从容笑，有清香夜发，沁满人间。

琼英绝等鲜妍，令见血封喉痛不眠。奈南庭草木，朝岚若晦，西林鸟雀，晚月难圆。玉蝶相招，松朋竹友，茂叶繁枝抱大千。同携手，喜中流击水，壮采空前。

安徽泾县桃花潭抒情

心醉神迷向皖南，飞车直到玉龙潭。
山环水绕身犹梦，泾县葱茏查济蓝。
查济风光如锦绣，万家都酿桃花酒。
古村落里酒如诗，诗咏沧桑风雨骤。
风雨当年暗故园，悲歌一曲抱奇冤。

英雄血沃桃花圃，化作今朝草树蕃。
草茂枝蕃多旖旎，千秋佳话汪和李。
民情物意仰诗人，何处黄尘埋达士。
达士当年万丈情，桃花潭上半轮明。
潺潺碧水流千载，却送青莲查济行。
查济川原壮心魄，春风桃李花开陌。
群山处处尽飞红，诗笔吟怀追太白。
太白遗风此地流，清歌咏处酒芳柔。
青莲一醉千年醒，白鹭翩翩碧水悠。

钱万昌

钱万昌，男，1939 年 8 月生。张家港人。江苏省诗词协会会员。

春

旧宅门前一小溪，弯弯曲曲水流西。
岸边弱柳戏雏鸭，墙角金阳暖仔鸡。
雨后笋芽刚出土，园中韭蒜已长齐。
农家一片桃源景，栏外娇莺自在啼。

冬

瑞雪飘飘欲冻溪，白梅笑绽映窗西。
蒸糕酿酒迎佳客，买肉捞鱼宰草鸡。
点烛焚香先祖祭，打躬作揖后人齐。
新春岁月风光好，鸾凤和鸣百鸟啼。

春访张家港

暮春五月柳丝长，会友寻芳赴暨阳。
相待酒茶情切切，探商词赋意泱泱。
沙洲湖奏新风曲，斫竹歌传古乐章。
难得人生无挂碍，悠悠一日浴清凉。

张舫澜

　　张舫澜，男，1939年9月生，吴江汾湖人。中华诗词学会会员。吴江分湖诗社社长。吴江区非遗分湖吟诵代表性传承人，长篇叙事吴歌《五姑娘》主要搜集整理者。著有《亚人诗稿》《吴江传说》，参编《南社诗人咏吴江》《顾野王》《张翰》《垂虹问俗》《吴江对联集成》等。

谒黎里古镇周宫傅祠

故事说黎川，周排八姓先。
官声因水振，才气有诗传。
月殿三更履，书窗一页宣。
家风通透处，照壁是青莲。

七　夕

微风舞叶卷帘边，淡宕霞光夜景鲜。
月落枝头花映月，天横银练宿连天。
双星遥隔思无际，七夕相逢又一年。
鹊渡难期春梦怨，牛郎织女两情牵。

汾湖新农村见闻

路转烟桥又一津，芳菲绕舍四时春。
华胥梦好江南月，雍泮书多孟氏邻。
桨送渔歌归落照，荷擎珠露浥风尘。
天堂岂独苏杭好，画里汾湖景更新。

龚道明

龚道明，男，1941年1月生，太仓人。农家出身，退休干部，中共党员。中华诗词学会会员、中国楹联学会会员，曾任江苏省诗词协会理事、苏州市诗词协会和沧浪诗社理事、常熟市诗词协会副会长，现任太仓市诗协监事。

沧江烟雨

非云非雾景朦胧，似梦似诗情满空。
疑是米家频泼墨，娄东人在画图中。

苏州映象

姑苏越发赞声隆，新老风光竞媚中。
玉带桥长龙卧水，云岩塔古剑斜空。
金鸡园里散霞绮，白马涧边垂雨虹。
莫怪唐寅投笔叹，画师十万也难工。

踏莎行·咏菊

玉露清华，金风容与，千年不老陶公句。笑偕疏柳立寒秋，淡妆三径迎诗侣。

影抱霜痕，香分月宇，杖藜携酒谁来去。篱边莫道壮心沉，漫山看布黄盔旅。

吕守经

吕守经，男，1941年8月—2023年1月，1948年随父母移居苏州。1964年毕业于南京师范学院中文系，长期从事教育与经济工作。曾任《姑苏吟》编委。

临湖里尺桥怀古

里尺源头里尺桥，横泾港浦水迢迢。
通衢五省旅人过，高阁三朋商贾聊。
南北乡音喧客地，东西吴舍集人潮。
津梁虽老风姿在，文保天年不泯消。

诉衷情·八秩述怀

当年苦读意方遒。岁月若扁舟。暗礁险阻何惧？破浪
伴吟酬。

情睦睦，谊悠悠。上层楼。此生三乐，心系滨江，终
老苏州。

苏幕遮·天平咏枫

碧池澄，红树蔚。守望山峦，万笏朝天魅。后乐先忧
贤圣地。枫涌彤云，落叶飘灵卉。

彩霞飞，丹景醉。尽染层林，且把贫坡慰。垂范仁心
扬赤旆。暑往寒来，甘愿擎天累。

魏嘉瓒

　　魏嘉瓒，男，生于1941年中秋节，籍贯沛县，定居苏州。曾任苏州市文化局、广电局副局长等职。退休后曾任中华诗词学会理事、江苏省诗词协会副会长、苏州市诗词协会和沧浪诗社会（社）长。现为中华吟诵学会理事，江苏省级非物质文化遗产"苏州吟诵（唐调）"传承人、苏州市吟诵传习社理事长。著有《歌风楼诗文集》《苏州古典园林史》《最美读书声——苏州吟诵采录》等。

嘉峪关至敦煌道中

荒烟大漠望无涯，衰草秋风卷白沙。
欲借江南一宵雨，管教砾石尽开花。

苏州园林

尘喧城市有山林，画意诗情三径深。
卷石勺池游海岳，春花好鸟赏宫音。
文人每许忧时愿，志士空怀参佛心。
莫羡前贤爱风雅，千年流韵到如今。

飞越昆仑山

银燕扶摇向九天，昆仑只作海洋看。
参差起伏千重浪，上下高低几弹丸。
滚滚罡风听虎啸，茫茫白雪动空寒。
行来识得乾坤小，脚底回眸落日残。

青岛栈桥

揽胜曾经几度游，放怀长啸对沙鸥。
眼前浑觉一瓢水，天底何来五大洲！
不羡乘桴浮远海，愿骑鲸背戏洪流。
狂言出口多惭愧，忘却身家是老头。

离亭燕·忆游西陵峡

捡起陈年佳梦，来路淡烟泉涌。云里秭归浮倩影，
汨汨香溪迎送。贾勇上神农，来伴猱猿金凤。

千载文明长种，荆楚莽茫娇宠。岁岁鼓帆争渡处，
野草山花飞动。一冢任凭望，弹一曲离骚弄。

钱振华

钱振华，男，1942年1月生，上海人。大专文化，退休干部。江苏省诗词协会会员。

马背诗人——毛泽东

少年壮志气豪雄，叱咤云天投笔戎。
《雪》压群芳鸿宴赴，诗人马背笑西风。

会师井岗山

立马高崖叹碧空，山湖美好在胸中。
一鞭风雨乾坤定，从此军旗处处红。

忆江南·钓叟

江南美，垂钓太湖秋。日出暮归风雨里，得鲜沽酒醉方休。独卧小篷舟。

黄莉英

黄莉英，女，1942年2月生，太仓人。中华诗词学会会员，中国楹联学会会员。

教师节礼赞

师恩浩荡蔚千年，雨露风霜任教贤。
两袖清风承赞誉，一支粉笔铸宏篇。
披肝沥胆春秋绘，毓秀钟灵桃李妍。
挥汗艰辛堪敬业，盈盈硕果慰心田。

秋　韵

九月娄江殷入画，喜迎廿大映丹霞。
诗涛墨浪流千韵，玉露金风沐百花。
闪闪稻波新谷穗，层层霜叶碧螺茶。
长堤曲韵沿河展，似醉如痴沁万家。

有　感

秋风乍过城隍庙，小巷已飘羊肉香。
以路为弦弹乐曲，串珠成链美村庄。
闻名景点迎游客，绿意新樟醉故乡。
传统龙狮文化展，春盈彩凤碧空翔。

沈忠麟

沈忠麟，男，1942 年 4 月生，苏州吴江人。中学语文高级教师，苏州市第三中学退休。2020 年曾获苏州市教育局"助力火红年代主题征文"二等奖。

初春游沧浪亭

信步亭廊兴意长，柳芽绽绿雪梅香。
牡丹更欲添春色，自改花期上画堂。

参观孙武纪念园

巍巍坛上坐，似点广场兵。
威立兴吴令，功扬破楚名。
古来经自在，域外法犹行。
愿勿藏书阁，环球享太平。

清平乐·苏州文庙广场

森森柏立，碑古含墙壁。甬道莲桥池水碧，独自寻寻觅觅。

牌坊仰止儒宗，浮雕盛赞高风。千载先忧后乐，而今须更推崇。

郁渭骏

郁渭骏，一名郁冠，男，1942年7月生，常熟人。大专文化。《江花诗刊》编辑。

菁园听雨

风起苇萍时入秋，江村云雨总频稠。
生香霜柿庭前绿，滴翠盆松架上幽。
蛙鼓声声怡且惬，檐泉汩汩畅何忧。
天宫善解黎民意，激浊扬清无止休。

清平乐·江花诗刊百期纪念

绿红竞丽，江畔花容美。刊创百期逢盛会，座上宾朋如醉。

回眸廿肆春秋，诗词充栋汗牛。酬唱言欢今日，来年佳作丰收。

西江月·虞城早春郊行

瑟瑟寒枝绿点，蒙蒙冷雨丝牵。黛山远影雾云间，羞掩美人半面。

楼阁西城隐现，古垣玉带峰巅。潺潺耳畔听流泉，九转诗肠愁遣。

范崇仁

范崇仁，男，1942 年 11 月生，常熟人。高级工程师。

老年大学开学

欣欣登古道，曾几燕归来。
夜雨湿花径，晨辉映墨台。
画堂留岁月，清气满尘埃。
但愿人长久，黉门日日开。

伏末朝雨

赤日炎炎一夕休，吴山喜雨贵如油。
阴阴夏木林禽静，汩汩清泉石涧流。
几处楼台秋兴动，谁家村社越音柔。
行吟须趁好光景，天上人间共月游。

放　歌

京华秋色看旗扬，双百首开催起航。
万里飞龙通海漠，众心奋力写辉煌。
欣逢明世圣贤出，自适苍生福祉长。
莫道鬓霜思也钝，不由老汉放歌狂。

章 苏

章苏，一名丽铎，男，1943年6月生于苏州。曾任苏州市诗词协会和沧浪诗社理事、《姑苏吟》诗刊编辑。

桃花溪

昔日桃花雨，而今满落英。

依稀慈母泪，别梦至亲情。

手足相携信，朋俦怀抱诚。

知恩必图报，芳土酿春荣。

清 秋

金风送爽桂香加，陪我登高挚友夸。

伸手撕云忙擦汗，使笻撩雾戏追霞。

进山难得清心享，赏竹悠然丽日斜。

返老还童形放浪，烟岚深处叩仙家。

喝火令·登石湖望湖阁有感

放眼烟波后，凝神宝塔前。梦惊雷激战当年。争霸又围畿地，冷月复凋残。

胜败风云理，兴衰日月观。现今吴越启新篇。毕竟为邻，毕竟鹤心连。毕竟再添风采，苏浙共清妍。

张志刚

张志刚，男，1943年11月生，苏州吴江人。吴江区平望退休美术教师。曾获全国"中新杯"书法大赛优秀奖、江苏省美协书协联展山水画铜奖、苏州市第三届职工书画赛书法一等奖。

一剪梅·春秋咏叹

辞却严冬春似潮，江碧鱼跳，百鸟歌嘹。鲈乡处处彩旗飘，山也妖娆，水也逍遥。

可叹夏阳如火烧，蝉嚣心焦，草萎花凋。梦思秋肃把炎抛，少了樱桃，残了芭蕉。

西江月·明月秋声

别了炎炎烈日，仰天拂面东风。临窗竹影映帘栊，送爽清晖谁共？

可叹烟云遮月，瘟神欲断垂虹。寒山又撞旧时钟，惊起秋声鸣颂。

浪淘沙令·咏菊垂虹

秋意染垂虹，一抹红枫，桂芳散尽菊香浓。百态千姿呈丽绚，独对寒风。

采菊仰陶公，蹒过篱东，聆听春曲望南峰。秋去冬来霜雪近，心寄梅松。

卞业林

卞业林，男，1944年5月生，江苏江都人。长期从事机关政工工作，曾任县委宣传部和组织部副部长，市粮食局秘书科副科长，粮食局党校常务副校长等职。中华诗词学会会员、江苏省诗词协会会员。曾任苏州市诗词协会和沧浪诗社理事、《姑苏吟》电子月刊副主编。有较多诗词作品发表在省级以上诗词报刊，个人有专辑《亦乐斋诗词》及其续集面世。

观壶口瀑布

壶内银河水，訇然出紫烟。
分明吐豪气，受挫志弥坚。

卜算子·览镜

览镜叹人生，耆者常思小。大木葳蕤比拟人，莫忘芸芸草。
勃勃有生机，冉冉枯萎老。霜鬓何尝懊恼中，但愿人间好。

阮郎归·凉山悬崖村搬迁

云间生活岂神仙，天梯千级攀。脱贫心系这方山，纵难犹等闲。

人喜悦，屋搬迁，新房平地边。山民新址写新篇，踏歌不歇肩。

刘谦淦

刘谦淦，男，1944年6月生。曾在兰空某部服役五年。

开宗圆国梦（贺建党100周年）

浪起南湖长夜寒，征程坎坷挽狂澜。
千山砺剑锋渐露，万里除魔锷未残。
立义初心明日月，开宗本色映峰峦。
百年风雨旗尤艳，圆梦加鞭不卸鞍。

赞红旗渠

一声呼啸女娲惊，何处少年豪气生。
自古人间谁撼岳？今朝林县独摇旌。
千锤雷动创奇迹，十载山通引浪声。
笑看天河涛水急，红旗漫卷浩歌行。

念奴娇·忆入伍五十八周年

少年风采，抱宏志、为国雄心初发。浪逐秋风，谈笑里、扬子滔滔话别。飒爽英姿，昆仑俯瞰，从此难消歇。青春肝胆，付与戈壁寒月。

何忌黄水汹蛮，破冰寒刺骨，茫茫滩阔。大漠尘埃，关隘外、晓角驼铃声咽。雪域崇山，寄身鸟绝处，赋吟琼阙。印痕情切，拂髯长忆谁燮？

杨自振

杨自振，男，1944年7月生，江苏无锡人。工程师。曾任苏州乳胶厂副厂长。现为中华诗词学会、江苏省诗词协会会员，曾任苏州市诗词协会和沧浪诗社理事。

延 安

延水育精英，灯燃窑孔明。
习文兼习武，谋战复谋耕。
血为山河洒，利帮民众争。
于今枣园里，依旧绿荫清。

退休与诸同事欢饮

风满楼台酒满杯，旧时豪气席间来。
醉行斜步千千里，不信春光追不回。

霜天晓角·黄山松

苍青兀立，飞挂千寻壁。焉管石坚泥缺，深根扎，甘霖汲。

任由风雨袭，听凭雷电击。赢得骨强筋壮，云海览，星辰摘。

孙 甦

孙甦，男，1944年10月生，江苏睢宁人，久居苏州。中华诗词学会、江苏省诗词协会会员。作品曾获中华诗词学会第八届华夏诗词奖三等奖，第十七届天籁杯金奖、第七届诗词世界杯一等奖。

芦 苇

千顷烟波远，秋湖浅水滩。
荻花萧飒飒，芦苇瑟漫漫。
牵手朝阳暖，相携宿露寒。
来生同此地，白首共阑珊。

木兰花·初夏乐

纷纷红紫春归处。雨燕掠园穿绿树。小荷初露叶清圆，一树榴红风起舞。

七旬霜鬓蹒跚路。孙女前奔如脱兔。童言呼我老孙头，乐出心花藏不住。

黄莺儿·赏红豆园紫藤长廊

裁霞萦翠春谁主。紫袖翩跹，柔蔓逶迤，香浮闲庭，蝶翔瑶树。怜袅袅自含情，切切如私语。晓来轻卷珠帘，直把心期魂梦倾诉。

东顾，日出暖烟迷，露浴精华贮。老藤苍劲，黛叶繁芜，虬枝雾吟风舞。凭九曲倚栏斜，百丈随云抒。借我棘草飞松，当上青崖处。

锦堂春慢·天平山赏枫

霜染江南，枫披五彩，天平一岭烟霞。赤紫橙黄，深浅次第横斜。独绝险峰奇石，直上崎路莲花。立白云揽胜，翠绕流丹，泉映昌遐。

寄踪山灵林秀，仰名臣表范，北宋诗家。清帝褒扬高义，世代称嗟。发志先忧后乐，思报国、鸿远无涯。但愿情怀不朽，秋韵千年，古木韶华。

顾荣元

顾荣元，男，1944年11月生，苏州人。苏州书画院副院长。

题幽壑寻胜图

峰峦云淡淡，溪涧静中听。

借得谢公屐，寻声入馥馨。

题洞庭春晓图

湖畔紫朱花气醇，山间云色淡浓频。

千帆竞发朝阳里，锦绣洞庭随处春。

满庭芳·环秀山庄

峭壁凌空，浅滩着水，羊肠小道盘更。洞天幽壑，凿凿显峥嵘。几度峰回路转，渐高向、云岭攀登。回眸处，飞流似雪，相向立双亭。

盈盈，春满架，东风吹绿，百卉争荣。正帘栊卷时，绣女图成。华露鲜浓欲滴，引多少、蝶舞蜂鸣。今朝看，名园名绣，美景耀苏城。

侯国达

侯国达，男，1944年12月生，黑龙江省呼兰县人。毕业于长春地质学院地球物理专业。中华诗词协会会员，曾任苏州诗词协会理事。

谷　雨

一夜小楼听雨声，窗前忍见落花明。
烟笼水巷伞花舞，墨染亭林国画成。
遥想禾苗茁新秀，时闻布谷紧催耕。
虔祈早日疫情解，四海云游任意行。

贺北京冬奥会胜利闭幕

幽燕圣火汇群雄，丝带结成中国红。
旷野争锋飞热雪，高台竞技荡春风。
五洲佳客圆香梦，七彩霞光映昊穹。
款款深情贻折柳，有缘可待再相逢。

满庭芳·寸草心

小草回青，野花吐蕊，路边墙角迎春。向风轻舞，相顾竞欢欣。细雨还匀玉露，滚叶上、濯洗烟尘。凝寒里，生机一片，破茧透鲜新。

晨昏，甘默默，增添绿意，散布清芬。怎知晓何年，植此芳根。莫道卑微质朴，寸心旷、足令人珍。云天阔，晴晖万里，潇洒对缤纷。

李全男

李全男，男，1945 年 4 月生，苏州市吴中区人。

暮 景

孟冬时暮至，瑞霭伴霞光。
逸客舟归市，树丛披夕阳。

咏芙蓉

交叶佳人兰蕙芳，乘风神女簇新妆。
多情五色盈清露，不语三珠满艳阳。
天籁彩霞苍玉佩，地仙紫气郁金香。
应迷水国真酣醉，连野菁华雨送凉。

卜算子·荷塘月色

风雅蕙芳洲，蛙鼓慈云浦。漫步荷塘月色前，偶见如花女。
独自对斜晖，欲与芙蓉语。寂寞芙蓉望眼看，翠盖甘霖雨。

吴 溱

  吴溱，男，1945年5月生。长期从事苏州园林文献收集和楹联匾额书写工作，师从王西野、陈从周、顾廷龙、周退密等。曾任苏州市诗词协会和沧浪诗社理事。著有《灞桥词》《不扫庭撰书诗词联》。

泰山南天门

天衢石栈互钩连，万壑千岩腾紫烟。
充耳松涛传不尽，步虚始觉过深渊。

登沧浪亭看山楼

楼上看山眼倍明，翠微青黛嫩波平。
雏莺振翅弱无力，老笋穿岩嘎有声。
万象都从形外化，一身恰似梦中行。
击楫渔父随歌远，来酌濯缨晞发名。

访旧园太湖石

寻胜探幽游故园，尘嚣除尽俗心烦。
辟开三径欲归去，相对四时浑忘言。
佳气氤氲升岫骨，奇峰峭峻出云根。
长随招隐淮南后，惯辨烟波震泽痕。

薛勤南

薛勤南，男，1945年5月生，常熟人。常熟市退休机关干部。

乘高铁赴沪随感

才别虞城便抵申，挟风裹电任驰奔。
不输大圣驱千里，归至家中茶尚温。

读《姑苏吟》后感

情满新芽枝更伸，头生紫气长精神。
与民育就千支笔，誓写九州明日春。

观黄公望《富春山居图》感悟

水墨江南咏众山，大痴挥笔照人间。
峰头白雾栖尤润，谷底烟云涌且闲。
便与乾坤分旖旎，又从日月得斑斓。
惊看绝景疑仙境，饱蘸银河颂昊寰。

周 洁

周洁，女，1945年6月生，江苏苏州人。中华诗词协会会员、江苏省诗词协会会员。

踏雪寻梅

腊月寻芳香雪海，寒风刺骨抖精神。
山村野岭疑无路，忽见梅花似故人。

浣溪沙·中秋赏月觅渡桥

皎月银辉照九州，千年觅渡枕湍流。沧桑岁月古桥头。
丹桂花开馨欲醉，红枫霜染色何柔。良辰美景正中秋。

望海潮·姑苏新貌

天堂名号，人间至美，姑苏自古繁华。垂柳拱桥，凌波画舫，参差枕水人家。清影弄烟霞。四时赏佳景，诗赞词夸。百里珠玑，一城风物誉天涯。

宜居市井清嘉。看宽街小巷，奇木珍葩。云绕翠山，舟摇秀水，游人不绝嗟嗟。吴语唱琵琶。更晚年安度，童子无瑕。惠雨清风过处，催放满庭花。

顾坤明

顾坤明，男，1945年7月出生，常熟人。江苏省诗词协会会员。

参观苏州御窑金砖博物馆

湖村修炼造金砖，铺地皇城品质坚。
古迹御窑风貌在，千年文物咏新篇。

谒黄公望墓

湖桥泓月色，丧乱墓碑尘。
贤仕元朝会，痴翁画苑神。
山居图卷识，水墨润笺陈。
虞仲文邦久，风流六百春。

一带一路

战略宏图搭彩廊，大洋西域久通商。
绿茶瓷器销欧亚，印度波斯系汉唐。
经贸互赢人受益，文明相映客留芳。
高瞻远瞩施良策，开放春风续起航。

俞 涌

俞涌，男，1945年7月—2023年1月，苏州人。曾任苏州市诗词协会和沧浪诗社理事。

南歌子·双塔写云

并峙凌云笔，双峰刺碧空。娟娟倩影月明中，最爱三更灯火晓催钟。

桐荫分浓绿，书碑远软红。悠悠文脉溯高风，化雨须知岂独赖天宫。

青玉案·王稼句先生五十寿示贺

胸中才气侵牛斗。但不负、三千首。谈笑期颐欣半受。风流标格，文章锦绣，甘苦人知否？

麻姑多谢舒红袖，一醉沧浪为君寿。学作坡仙天赐厚。扁舟放钓，茅庐斗酒，好与鸥盟友。

满庭芳·读沈民义先生《花花世界》画集有怀

泼紫濡黄，点红染翠，卷舒侵目芳浓。按图何索？造化自胸中。争似灌园老圃，板桥畔、著茗传盅。呼良友，相期意气，一笑九天通。

情同，挥写处，抒吾真趣，酣畅从容。且身外休思，雪舞冰封。细数人间旦夕，任谁去、折桂蟾宫。终交与，野花山草，长日醉春风。

倪　平

倪平，男，1945年8月生于吴江同里。吴江秋鲈诗社成立发起人之一，先后担任社刊《秋鲈诗苑》主编及副主编。现任苏州市吴江区诗词协会名誉副会长。中华诗词学会会员、江苏省诗词协会会员。著有《观日楼吟稿》。

咏盛家厍菊展

西风昨夜声萧瑟，晓看群仙降水滨。
不畏秋深霜露重，缤纷五色满园春。

垂虹桥怀古

风流白石过长桥，千载箫声久寂寥。
同此垂虹一轮月，清光曾照小红娇。

江城子·苏州沧浪诗社山塘雅集

山塘七里画中行。水波清，浪花轻。两岸人家，黛瓦粉墙迎。一舸从容浏览处，风景好，足怡情。

晚来词曲喜观聆。彩纷呈，众心倾。领导功高，社事日欣荣。归去新民桥上望，秋月朗，寿星明。

王维晋

　　王维晋，男，1946年2月生，江苏高邮人。1965年9月入伍，1987年转业，2009年退休。先后担任苏州市信访局局长兼党组书记、市政协常委兼提案委副主任等。中华诗词学会会员，曾任江苏省诗词协会理事、苏州市诗词协会和沧浪诗社副会（社）长，《姑苏吟》副主编。

林屋洞

阆宫也有不廉仙，富丽排行洞九天。
为怕招风惹非议，深藏地下万千年。

上庐山

一霎清空一霎烟，风光无限接云天。
休夸先哲才能好，上得峰来都是仙。

访寿光蔬博会

民间博览现奇葩，一望无垠尽菜瓜。
匝地攀爬铺地锦，漫天垂挂满天霞。
灵茵绿染黄河水，秀木青笼齐鲁沙。
日产万车输四至，科文兴富惠农家。

清平乐·贺神州十二飞天成功

神舟拔地，一啸冲天起。对接长空千万里，科技惊天争气。

仰天一片红霞，分明那是中华。不怕东西围堵，天公与我同家。

鹧鸪天·买菜

难得提篮去菜场，今晨踊跃到山塘。青黄绿素鸡鱼肉，挤挤歪歪装一筐。

车疾疾，汗汪汪，舒心惬意赶家忙。半途忽觉荒唐事，还得回头买老姜。

沈海融

沈海融，男，1946年4月生，苏州人。江苏省诗词协会会员，曾任苏州市诗词协会和沧浪诗社副会（社）长、吴中区诗词协会会长。

碧螺春茶开摘即景

摘得千峰翠色来，银芽带露玉盘堆。
家家灯火制新焙，一夜飘香春入杯。

丙戌春盘门雅集即兴

威巍城阙望妖娆，刁斗高悬碧水桥。
十万旌旗思旧事，三千灯火启新祧。
疏梅欲绽轻烟锁，弱柳将舒薄雾缭。
极目登楼春孕野，媪翁唱和亦逍遥。

清平乐·游灵岩山寺

吴王旧苑，宝刹禅音伴。玩月佳人嬉影远，犹是空廊遗幻。

当年霸业称雄，繁华转眼成空。菩萨低眉不语，闲花飘落庭中。

行香子·端午后三日

　　风起川峦，雾漫林田。怅楼外、绿浥红残。才经端午，赛罢龙船。啖枇杷甜，青梅涩，樱桃鲜。

　　峰波俊秀，鸥鹭悠然。觅天趣、缘结仙源。闲愁抛却，放浪云山。酿半湖诗，一峰雨，满溪烟。

蔡士道

蔡士道，男，1946年6月生，籍贯南京。大学学历，国家注册高级审核员。

咏崖柏木

太行崖柏木，百岁树轮藏。
淡淡镶金色，幽幽散异香。
清凉身细腻，坚硬性阳刚。
爱汝高标格，书斋伴吉祥。

鹊桥仙·游麦积山石窟

麦峰葱翠，丹崖斧劈，栈道纵横绝壁。千寻泥佛竞仙姿，似梵宇，诸天容色。

盛唐北魏，丰颜瘦骨，神彩光华熠熠。东方人像美雕镂，艳尘世，传神飘逸。

沁园春·游大西北

古稀霜颜，壮游西北，步韵铿锵。赏丹霞七彩，染虹吐艳；盐湖翡翠，映日浮光。横亘雄关，西风铁马，多少狼烟战火扬。藏传教，观绣堆唐卡，溢彩呈祥。

青甘自古辉煌。今万象峥嵘始未泱。览富饶河套，稻禾丰熟；莽荒柴旦，瑰宝珍藏。赶月披星，旅途劳顿，换得情思意亢昂。神驰往，浪迹游天下，不解行囊。

李元昕

李元昕,男,1946年7月生于苏州,祖籍吴县香山。高中毕业后在本市国企工作四十年。

访 菊

闲叩东篱寻逸趣,慕临南社浴馨风。
华庭彩绣黄间白,雅室珍藏墨嵌红。
百朵狮头盘玉髻,千支蟹爪颤金绒。
秋香漫窨吴淞水,满饮乡情醉画中。

常熟红豆山庄

海南豆木植虞东,四百年轮翠叶笼。
悦目春花珠绽白,印心秋实血凝红。
艳惊如是才姿秀,韵品牧斋思雅融。
几度兴衰逢盛世,琴川古树焕新风。

绮罗香·赞城市口袋公园

水巷交衢,坊桥角卧,疏处栽花修苑。湖石扶亭,
廊架紫藤攀绾。海棠绽、垂柳堆烟,竹枝摆、曲蹊书篆。
喜家门彩毯围铺,正宜晨练晚闲转。

姑苏风物缱绻,从古佳园雅筑,清香弥远。更赞当今,
施政惠民温暖。域虽小、关爱情深,境臻美、感恩心眷。
待平江重绘新图,灿珠繁画卷。

徐克明

徐克明，男，1946 年 8 月生，常熟人。中华诗词学会会员，中国楹联学会会员。曾任常熟市诗词协会副会长兼秘书长、苏州市诗词协会和沧浪诗社理事。著有《翁同龢对联选注》等。

秋 望

长天碧洗白云悠，水入寒江千里流。
谁借霜风横铁笛，一声吹瘦万山秋。

辛丑年迎新曲二叠

其一

新吟一曲领春红，天地无心造化功。
十里看花香带雨，五音吹律暖生风。
山青远近云霞蔚，湖碧东西江海通。
翻尽景光人百醉，唱酬自不怯词穷。

其二

九阳迎岁接春红，回首谁留盖世功？
黄鹤楼头飞玉笛，白云乡处渐东风。
南山不老孤峰傲，北斗分光万里通。
叩向青霄作天问，无穷之外更无穷。

新荷叶·庚子遗产日拙政园赏荷雅集次韵周秦社长

月下徜徉，轻风拂我青衿。卧柳新堤，烟波似梦浮岑。绿裳起舞，香如歌、一水横琴。沧浪和拍，遥听天外希音。

浅醉微吟，看花几度倾心。着我风流，任由散帻斜簪。中宵露重，纵袖冷、难敌情深。年年听笛，循踪追到如今。

萧宜美

　　萧宜美，男，1946年9月生，福建人。曾任中华诗词学会理事、江苏省诗词协会理事、苏州市诗词协会和沧浪诗社副会（社）长。两百多首诗词发表于《中华诗词》《诗刊》，著有《绝句选集》一、二卷，以及诗集《采诗天下》，涉猎两百多个国家和地区，成为诗与远方的使者。

湖城礼赞
—— 献给苏州工业园区

号令征程众愿酬，非凡日夜恰方遒。
吴歌转唱三湖景，宋庙留观万福楼。
百校名帆扬学海，千家隽品畅商洲。
春光未负园林梦，古韵新风共虎丘。

草鞋山遗址诗记

螃蟹湖滨故事长，土墩藏缩古时光。
层层吴梦文明展，件件苏工智慧扬。
似水丝绸源创地，如金稻穗始耕乡。
恰逢盛世天堂景，陪伴江南新远航。

辛丑正月初八诗友聚会西山探梅留句

湖仙探岛浪留踪，水色春光时景融。
一亮山间花聚海，千呼树下雪遮空。
粉心陶醉飞天吻，彩瓣忧愁落地风。
又见缤纷新意境，万般貌似暖香同。

金婚初度

吉庆骄阳蓝透明，小家韶景正辉荣。
欢临湖畔三波乐，贺自洲涯两愿萌。
山水千重吟古律，箫琴一曲唱今生。
搀扶险处寻常事，最忆珠峰盼雪晴。

晚　晴

　　周游并用诗词写遍七大洲四大洋，感恩。

信步余晖逛四方，采诗炼句乐时狂。
十波护照新承旧，百国签期短或长。
赶路匆匆追日月，通关漫漫跨洲洋。
奇观胜迹无穷景，不尽感恩心亮堂。

朱 莎

朱莎，女，1946年11月生，江苏苏州人。退休药剂师。2021年获第十八届"天籁杯"中华诗词大赛金奖。现为中华诗词学会、江苏省诗词协会会员。

海 棠

不等群芳盼海棠，琳琅满目浅红妆。

雨中千滴相思泪，可是望乡为我伤？

浣溪沙·水陆城门

水陆城门迎晚霞，清风烟柳拂枝斜。千年古迹景尤佳。

天上人间何处去，城南月下一壶茶。消魂梦语在天涯。

行香子·天与春光

天与春光，人伴花芳。西塘岸、牵手徜徉。眼中客地，梦里家乡。过福源宫，听涛阁，醉经堂。

廊前烟雨，桥畔风光。浮槎去、顾影幺娘。试将前事，闲寄沧浪。有水中月，园中柳，梦中香。

陆家国

陆家国，男，1946 年 12 月生于上海，祖籍盐城。1986 年毕业于北京航空学院，曾任苏州市标准计量情报所所长。江苏省诗词协会会员，苏州市诗词协会和沧浪诗社副秘书长，中国毛泽东诗词研究会会员。

庚子清明国祭

清明无雨水纷纷，领袖平民同泪痕。
旗指蓝天哀半降，笛鸣万里悼英魂。

南歌子·归帆

浪接天边水，风迎海角沙。水流沙过数年华，未渡
银河长夜隔天涯。

共仰山前月，同披海上霞，红帆一点浪中花，遥望炊
烟浓处是谁家？

采桑子·重阳
——学习毛泽东《采桑子·重阳》有感仿作一阕

此生已老心难老，夕夕西阳。岁岁重阳，春逝黄花依
旧香。

余光余热秋风劲，看是秋光。胜似春光，漫野金黄
硕果香。

骆黎明

骆黎明，男，1947年1月生，苏州吴江人。中共党员。曾任剧团戏曲编剧。中华诗词学会、江苏省诗词协会会员。

游同里罗星洲

水抱罗星佛在洲，黄墙黛瓦绿红稠。
梵音乐土瑶林里，一缕茶香引上楼。

香港回归廿五年感吟

五星旗下紫荆花，沐雨经霜益宁嘉。
华夏金瓯怎容缺，英夷米帜本为邪。
邓公理直无虚话，撒相词穷只嗳呀。
信有精能营治港，炎黄血脉尽方家。

定风波·翘首以待中共二十大

世路从来诡变多，镰锤俊彦善降魔。历练百年修治道，过考，赫煌勋德在长歌。

外患内忧通化解，精彩。高聪神帅定风波，相约桂秋齐鼓掌，系望。谛听公报醉心窝。

詹永俐

詹永俐，女，1947年1月生，南京人。

碧螺春茶

名列中华十好茶，太湖烟雨育奇葩。
纤纤细细披青袂，曲曲弯弯裹白纱。
巧手翻飞撷鲜叶，超群神技炒新芽。
甘醇浓郁人皆醉，香茗清嘉誉迩遐。

一剪梅·太湖秋

浩渺湖光云水悠，蒹葭苍苍，夕照兰舟。鸳鸯嬉戏
漾涟漪，垂柳依依，心悦歌讴。

农户炊香飘满楼，玉液微醺，欲语还羞。谁言翁媪
逝韶华，鹤发英姿，独占鳌头。

卜算子·两栖霸王花——海军陆战队

眼媚炬光莹，眉妩山峰仁。迷彩钢枪瀚海蓝，靓女
豪情露。

沧海缚蛟龙，大漠擒飞虎。巾帼英姿赛木兰，可畏
军魂铸。

吴正贵

吴正贵，男，1947年3月生，安徽歙县人。江苏省诗词协会会员，曾任苏州市诗词协会、沧浪诗社理事。著有诗词集《涵虚斋韵语》。

赞蒋吟秋、李饮水、韩秋岩、陈破云、俞啸泉"沧浪新五老"

五老忧民忧国志，深情如海爱研磨。
园林雅集逢高友，笔墨同盟献凯歌。
敲句会神烦事少，得心应手好诗多。
沧浪之水清流远，一路欢腾铺锦波。

颂毛泽东主席

穿越时空忆泽东，诗文哲语法书雄。
改天换地移星斗，大智大谋当属公。

清平乐 井冈山

罗霄中段，峻岭高山伴。五指峰扬钢铁汉，圣地摇篮灿灿。

金蝉望月舒声，黄洋界上听鸣。大井茨坪小井，依依怀古心铭。

渔家傲·姑苏吟

好水太湖清澈透，灵岩邓尉穹窿秀。至德中原来聚首。云出岫，勾吴自始风华茂。

四季分明年物阜，人才代代闻高手。翰墨诗歌添锦绣。天下友，芳名传遍星空久。

杨应福

杨应福,男,1947年4月生,吴江盛泽人。1978年入学苏州师专中文系。曾任吴江县文教局副局长(兼文联副主席)、县总工会副主席、吴江市委办公室副主任、吴江市社保局局长、市文广新局党委书记。

为香港回归二十五周年赞吟

十滩海水亮明珠,港口游船登美姑。
回看特区行主事,归来政府展宏图。
娟娟皓月悬天宇,款款珍藏挂店铺。
规保国安今有法,年深岁久好前途。

忆江南·家乡吴江（二首）

江南忆,最忆是鲈乡。炖蛋塘鱼真美味,桃源佳酿
酒飘香,能不饮琼浆?

江南忆,最忆是绸乡。种养织缫绫锦事,红梨盛泽
美名扬,能不裁霓裳?

叶德华

叶德华，1947年5月生，苏州人。中国民主促进会会员，高级工艺美术师。江苏省诗词协会会员。

白塘喜雨

垂花滴露含羞笑，翠羽依荷白鹭飞。
野望烟波推雾远，芦摇雨戏跃鱼肥。

临江仙·碧螺春茶

茶岭碧螺春唤醒，一芽一叶如仙。采伊香惹指云间。
满山清气，缥缈映湖娴。

绮梦壶中因绿乳，寄情思羽长天。人间草木自相缘。
茗醇水善，心照白云泉。

曲玉管·沧浪亭

夕照秋波，依依岁月，千年故步离情岸。翠羽留荷相伴，
孤影凭栏，望云宽。墨迹敷亭，清风明月，近山远水移
痕远。古往今来，世载天赐鸳鸯，落遗篇。

翠竹清兰，送风袖、吴音和奏，曼吟九万情丝，清流
五百名贤。仰如山。梦芸缘三白，复记浮生云淡，美颜乡
里，韵语沧浪，引玉飞丹。

项大列

项大列，男，1947年8月生，太仓人。中华诗词学会会员。曾任江苏省诗词协会理事、苏州市诗词协会和沧浪诗社常务副会（社）长。现任苏州市老干部诗词协会会长。2014年被中华吟诵学会聘为吟诵专家。著有《和乐楼诗》一、二、三集。

富春江大桥晚眺

缥碧千年画舫遥，风烟俱净夕阳消。
红飞绿涨春将去，吞吐山河绝代娇。

梦 母

九六娘亲梦里来，呼儿买酒笑颜开。
佝腰颤手揩台凳，可是黄泉带父回？

微山湖观荷

无边碧水绽仙葩，绝美容姿迎晓霞。
映日尖苞轻巧舞，随波茎梗竖横斜。
凉风习习舒颜面，细浪悠悠见蟹虾。
不染污泥清气爽，终身奉献世人夸。

间隔五十六年，与莫砺锋在母校璜泾中学相聚感赋

人生最贵是痴情，一笑相逢百里行。

别去江湖家国梦，归来院士九州名。

感君胸展凌云志，愧我诗无掷地声。

千尺桃花潭水浅，古稀依旧上新程。

临江仙·渔港小酌

忆昔大东门上饮，座中知友青英。凭多岁月去无声。蹉跎多少事，毋用再详评。

今日蓝湾船首聚，渔灯闪烁潮腥。尽尝海味酒三觥。微风梳白发，情意暖馀生。

王宗谟

王宗谟，男，1947年9月生，吴江盛泽人。中学高级教师。中华诗词学会会员。

咏　蚕

胸有情莹高亮节，怀无瑕垢洁身肠。
五眠成茧抽丝出，好助温馨入梦乡。

临江仙·秋游天平山

最是天平秋色好，朝天万笏凌空。霜风妒绿扫芳丛。
此情何所寄，着意在丹枫。

骚客毋庸悲肃杀，重崖千壁殷红。林山血脉尽相融。
但将高义慕，忧乐记心中。

望海潮·母逝十二年祭

几番风雨，春寒来袭，清明系念伤神。红落柳疏，
莺飞鹤逝，梦留累日啼痕。遗像谒娘亲。故居物依旧，不
见斯人。残月西窗，老屋此后再无春。

挑针缝补堪珍。纵藿藜饭菜，味亦如荤。凭挑瘦肩，
强支弱体，机声伴彻晨昏。安分守清贫。岂止恩养育，
教子修身。好想多听絮问，汤菜可鲜温？

凌在纯

凌在纯，男，1947年10月生，吴江人。中华诗词学会会员，苏州市诗词协会和沧浪诗社理事。曾任吴江诗协顾问兼《秋鲈诗苑》副主编。中国书法家协会会员，吴江书法家协会名誉主席。著有《淡远楼诗草》。

壬寅立冬思

立冬喜遇艳阳天，陶菊依然娇且妍。

昭示时逢昌运至，民安国泰续来年。

霜降感

松陵何处不呈黄，此是桂花犹自香。

霜降可怜秋欲去，看梅阴里已生凉。

行香子·赏菊

暖自金风，香自金英。看游人乘兴同行。盛家厍内，花斗繁荣。觉心中乐，画中醉，眼中惊。

沙盆繁植，芳名深得，洒汗珠方悦倾城。如云仕女，佳色相迎。正令人喜，惹人爱，任人评。

黄 匡

黄匡,男,1948年3月生,太仓人。退休教师。中华诗词学会会员,中国楹联学会会员,苏州市诗词协会和沧浪诗社理事。

咏 柳

雪想丰姿水想神,漫天飞舞漫天春。

无端化作青萍去,挂断波心碧树新。

归雁霜风里

归雁霜风里,虞峰挂碧天。

尚湖波影瘦,渔艇蟹螯鲜。

捧日芦花上,迓蟾篱菊前。

良辰留不得,欲借鲁阳鞭。

沁园春·北京冬奥礼赞

迎立春光,四海人望,万国旗飘。笑山夷落败,前途惨惨,龙华英发,后浪滔滔。志在图强,行求迅猛,拼搏忘身夺最高。好儿女,待杆头百尺,展我妖娆。

英雄遍地余娇。晒亿兆雄姿挺起腰。恨长袍马褂,丧完品格,光头鼠尾,输尽风骚。无绩难骄,有庸多病,弱若山鸡不是雕。冰雪起,唱炎黄有种,奋发今朝。

江幼青

江幼青，女，1948年9月生，苏州人。中华诗词学会会员。

喝火令·夜游枫桥

薄暮天边合，烟霞岭上稠。夕阳余韵满西楼。兰舸泊湄寻梦，长忆旧时游。

落寞枫桥路，萧然白首秋。鸟啼钟馨挽人留。醉也灯花，醉也月如钩。醉也水莲相映，独对夜绸缪。

金缕曲·胥门怀古

带酒寻余曲。百花洲、寄生衰草，鸟啼空竹。夕照城头无人顾，漫漶苍苔清淑。荒小径、西风野菊。远处牌楼巍然立，更粼粼、胥水波澄渌。垂杞柳，古桥伏。

忆思伍相生堪哭。过昭关、愁成白发，恨悲相续。闹市吹箫伤行乞，仇愤时时心郁。酬楚怨、难平鞭戮。法地象天安国址，裹鸱夷、报取勾吴昱。青史笔，后人肃。

水龙吟·天池地质公园探源

素秋七色霓裳，冰肌不染人间暑。天池雨歇，遥相呼伴，只闻笑语。薄暮熔岩，嶙峋怪貌，金塘微步。看三潭弄影，石林相就，莫非是，瑶台去？

十里蜿蜒小道，最难分、叶黄千树。界河边境，涌流湍急，似笼烟雾。只遣西风，片时吹作，碎琼飞舞。爱秋容绝艳，水波鸣咽，是源头处。

醉蓬莱·夜色山塘

看华灯渐上，暮色微浓，树荫芳草。独步山塘，听客商欢闹。雨巷星桥，石碑狸囟，漫水通幽道。画舫穿梭，桨平波荡，茶香氤氲。

正遇重阳节佳，赏那绿菊茱萸，挂悬奇巧。黄叶萧然，任落花风扫。一缕音遥，软糯清越，恰吴歈腔调。赋就情词，慢吟低唱，真当魂绕。

沈洪珍

沈洪珍，女，1948年9月生，常熟人。常熟市公安局退休干部。

春 分

春季中分日，好风邀出门。
群芳争艳丽，对燕戏晨昏。
近水皆迷目，远山犹系魂。
逍遥人欲醉，不问杏花村。

雨后山行

苍山雨后新，高与白云邻。
石破龙泉泻，林深鸟语亲。
采香登步道，饮绿隔嚣尘。
洗净铅华梦，娴然自在身。

初访旧山楼

清园半亩隔嚣尘，浅紫深红满院春。
文脉尚留楼影老，斯人虽去梦痕新。
珍书万卷旧名在，古木三株浓绿伸。
曾咏儒流欢洽地，身临此处忽精神。

周　秦

周秦，男，1949年1月生，江苏苏州人。苏州大学文学院教授、博士生导师，中国昆曲研究中心首席专家，中国昆剧古琴研究会副会长，江苏省文史研究馆馆员，苏州市诗词协会和沧浪诗社会（社）长。2004年获苏州市政府颁发"昆曲评弹传承荣誉奖"，2009年获文化部授予"昆曲优秀理论研究人员"荣誉称号。著有《寸心书屋曲谱》《苏州昆曲》《昆戏集存》《紫钗记评注》《蓬瀛五弄》《湘昆：复兴与传承》等。

大暑前二日拙政园雅集赏荷有作

小立香洲梅雨过，才开亭下两三朵。
凌波顾盼舞纤腰，湖上芳菲自袅娜。
潋滟晴光染落霞，云边一笛秋无那。
抱琴犹恐故人来，半掩柴扉夜不锁。
浪迹天涯旧梦残，归耕郊野鬻蔬果。
庭前石径渐生苔，郭外青山愁欲舣。
诗里茶花无恙乎，几回辽左望江左。
梅村去后坐同谁，剩有清风明月我。

洪惟助教授邀台东观日出

听潮东海东，晞发向晨风。
一魄萌然动，九州依次红。
无言思大美，万虑化虚空。
愿借数武地，结庐山水中。

寒露前夕游安昌古镇宿红尘再酒楼

几番风雨不成秋，一宿红尘自可留。
且泛乌篷穿闹市，便吹短笛和渔讴。
人来客去无非酒，木落花开渐白头。
惟有万安桥上月，当时曾照若耶舟。

青玉案·都门初雪时客香山书院

都门初雪留人住，玉龙舞，妆琼树。酒醒灯残谁与
诉？闲愁似水，苍山如雾，梦寄天涯路。

鸾飘凤泊知何处？秋月春风总虚度。鬓发凝霜心若
素。一声清笛，满天飞絮，舟过桃花渡。

国香慢·四月初八浴佛节六友重聚斜塘老街

野水斜塘。正熏风微度，梅子初黄。渡头柳花吹雪，
竹雨飘凉。缭绕渔矶莲浦，荡微波、一苇轻杭。帘招送
迎处，攘往熙来，越客燕商。

三年销此劫，叹淹留避地，南北仓皇。登楼闲看，隔
世烟火街坊。令节恭逢佛诞，向莲台、祝告焚香。从心
不胜酒，玉管低吹，古调流觞。

陈友良

陈友良，男，1949年2月生，吴江人。江苏教育学院中文系本科毕业，中学语文高级教师，江苏省语言学会会员。曾获首届"桃花源杯"全国诗词大赛入围奖、山东"寿光杯"建党百年诗词大赛优秀奖。

武陵谣

九州无处不韶光，独约春风醉酉阳。
情系伏羲钟乳府，心仪古镇小康庄。
层峦叠翠岚藏阁，曲水流清鸟挟香。
更喜桃溪红烂漫，人勤蜂拥酿琼浆。

顾诵芬赞

冲霄三上志凌云，歼八扬威树业勋。
广宇超音添虎翼，昊天喷气吐龙纹。
守看净土驱魑魅，搏击长空铸铁军。
克难攻坚何俊烈，民安国泰诵清芬。

枫红天平山

摩肩接踵路人稠，又谒希文会晚秋。
山麓仰怜银杏瘦，池边俯拍锦枫羞。
树遮峦胴鸣禽噪，客涌云阶倒水流。
忽觉身临仙世界，恨无长技展歌喉。

童稼霖

童稼霖，一名家林，男，1949 年 6 月生，苏州人。中国民主促进会会员。中华诗词学会、江苏省诗词学会会员，苏州市诗词协会和沧浪诗社理事。1987年作为特邀代表出席中华诗词学会成立大会，2014 年被中华吟诵学会认定为吟诵专家并颁发证书，2021 年被苏州市文化和广电旅游局认定为苏州市级非物质文化（苏州吟诵金松岑传调）代表性传承人。

贺沧浪诗社成立四十周年

结社沧浪双廿载，繁花朵朵竞相开。
鹤园一脉风流客，不尽诗词上奖台。

壬寅钱塘江观潮追忆当年随侍先师同游有感

岁月峥嵘忆旧年，山呼海啸识云燕。
重游不复再年少，更觉师恩如涌泉。

天池山钵盂泉品茗

天池清冽钵盂泉，未许虎跑名在前。
偷得浮生闲半日，一杯不啻酒中仙。

雨中过太湖

蒙蒙微雨晓凉侵，水色茫茫感古今。
七十二峰舟侧过，风光似画好长吟。

王家伦

王家伦，男，1949年6月生，江苏昆山人。苏州大学文学院教授。苏州市诗词协会和沧浪诗社副会（社）长。著有《家伦诗与影》一、二集。

悼亡妻步放翁《沈园》原韵

又是肝肠寸断哀，心香一瓣献灵台。
眼前恍惚贞容在，夤夜谆谆入梦来。

长相思·步白香山原韵

江水流，泪水流。流过秋风未尽头，心中满积愁。
日悠悠，月悠悠。十四年来何得休，夜深魂断楼。

鹧鸪天·遥寄亡妻

荷蒉娄东情独钟，沙堤翠遍夕阳红。波澜心底殷勤约，日日相携柳絮风。

惊噩耗，去无踪，十年泪尽背如弓。鹧鸪一阕凭君听，夜夜重逢入梦中！

江城子·悼贤妻洪梅瑛步东坡原韵

音容相别七年茫。意难量，岂能忘。瑟瑟流风，叶落倍苍凉。一袭青衫曾忆否？遮夏雨，积秋霜。

何曾择日试还乡？竹间窗，碧纱妆。泪作倾盆，雁过迹三行。忍听儿孙声下咽，松柏外，小山冈。

青衫湿遍·妻冥寿七四之际步纳兰原韵

娄东旧迹，吴中絮语，往事何忘！忆得时思庵弄，月光前、双对青钌。望星桥、白手饰婚房。沐春风、素贱夫妻爱。醉融融、未觉天凉。但愿同行窄道，安教独守宽廊。

噩耗忽惊酣梦，面君西去，泣向残阳。从此蹒跚影只，无滋味、玉液琼浆。作新词、难解我心伤。抚秋痕、菊瓣温馨在。检衣橱、犹见余香。静夜长垂涕泪，流年寸断肝肠。

宋其华

宋其华，女，1949 年 11 月生，吴江人。中共党员，大专文化，高级会计师。曾任黎里哺坊会计，吴江食品总公司财务科长。

黄梅天

初夏笔端刚划过，氤氲梅季不期来。
樱桃高挂荔枝笑，云雾低垂雷电催。
风雨敲窗声答答，湿温入户气唉唉。
忽然雨止阳光媚，喜怒无常似小孩。

清平乐·桂花

秋阳和煦。忽见扬花雨。桂子踏风轻曼舞，香气沁人肺腑。

巧手裁剪鹅黄。盘中溢满芬芳。酿得杜康待客，品诗韵味悠长。

蝶恋花·秋思

萧瑟秋风今又至。满目金黄，落叶纷纷坠。雁叫霜天飞暖地。清晨露水添凉意。

草木枯荣寒暑替。触景生情，万缕遐思寄。若得人生能似彼。春风过处新枝翠。

尹思坤

尹思坤，男，1949年12月生，江苏扬州人。著有《资鉴》《百年颂》等。曾获苏州市建党九十周年征文大赛三等奖。

庆贺沧浪诗社成立四十周年

咏坛盛事古吴地，沧海奔流汇百川。
独领风骚当世范，初心雅韵梦相牵。

姑苏风

姑苏大地风雷涌，百业齐兴越小康。
智慧勤劳连代代，涓流融汇著华章。

赞东方威尼斯

威尼斯美东方现，水陆棋盘千古奇。
秀越小康闻世界，一城烟雨一城诗。

马小萍

马小萍，女，1950年1月生于苏州，祖籍无锡。中共党员、副高职称。中华诗词学会会员、江苏省毛泽东诗词研究会常务理事、苏州市诗词协会和沧浪诗社常务副会（社）长，主管日常工作。苏州市老年大学诗词格律和写作专业教师。在诗词的传统教学基础上，融合了自创教学方法，为诗社培养了一批优秀创作人才。

春 信

云溪书舍珠还，丽日村庄少闲。
黄莺娉婷午后，柔茵纡缓乡间。
东风飞荡诗赋，细雨流传婉娴。
香雪长临光福，碧螺初沏明前。
当知华夜如昼，试酌清泉醉颜。
曳曳摇杯潮起，银钩浸酒弯弯。

平江古巷

青苔阶下寄炎凉，出谷黄莺过粉墙。
深巷东风呼小渡，一篙春水溅吴装。

忆江南·魂兮归来

清明雪，寸纸舞翩跹。云竖九霄狂草字，风横空谷洞箫泉，缟素地连天。

谁入梦？半醒半追眠。东按曦微晨莫启，西留晖朗夜相连，今晚一千年。

一剪梅·"川"锁眉间

——2008年"5.12"大地震百日祭

震汶川青川北川。村野横斜，城廓空残。最无言饮泪伤心。咫尺阴阳，咫尺千关。

怕几番重说四川。咽哽雷沉，举目魂牵。欲长啸剑断飞云。"川"锁眉间，血滴心间。

虞美人·嫁给苏东坡

灶前同醉青梅酒，双塔同携手。同观《寒食》试书笺，同唱大江东去最缠绵。

尘霜面鬓仍年少，与子相偕老。细匀初月点花黄。烂漫伴嗔央续"两茫茫"。

陆水珍

陆水珍，女，1950年7月生，苏州浒关人。

诉衷情·端午童趣

雄黄轻点俏眉头。门上挂菖蕤。梧桐树上抓雀，入碧水、尽情游。

霓彩线，做成兜。荡悠悠。出门相戏，最是无忧，欲罢难收。

浪淘沙·赏春

暖日百花融，细柳披茸。林间陌上蝶匆匆。野草频频消息送，迎接春浓。

斗绿接苍穹，乍展樱鸿。芳菲何惜俏玲珑。越界馨妍谁更宠？梨白桃红。

如梦令·清明祭

长夜母亲回晤，轻语细声其诉。节气近清明，能否墓前相叙？封墓，封墓，眼泪瞬间倾注。

张桂生

张桂生，男，1950年10月生，江苏苏州人。军队转业至高校工作。

滇游记

长龙嗷啸进滇南，日算青峰夜计潭。
跨过坡凹超万九，凿穿隧洞越千三。
晨辉炳映溪边谷，暝色荧燎壁上岚。
七彩疆城霞最美，腾冲绮丽赛瑶坛。

鹧鸪天·再游周庄

翠柳银堤映碧河，粉墙黛瓦傍清波。小桥窈窕名驰
远，俏妇妖娆舞影娑。

汀隐鹭，荡浮鹅，南湖蟹硕待装箩。新村致富农家
乐，古镇繁华商铺多。

沁园春·喜迎二十大

千镇迎门，万户翘瞻，喜讯待传。盼党开廿大，百年
大计，千秋伟业，筹划新篇。继往开来，续赓使命，再
鼓征帆力克艰。鹏程远，定现中国梦，万景斑斓。

瞻迎盛况空前，集绿水青山共庆欢。看脱贫村颂，
小康镇唱，神舟添色，母舰增颜。带路帮场，邦邻襄助，
喜看红旗环宇悬。宏图展，万代江山赤，笑慰先贤。

巢抗美

巢抗美，女，1950年12月生。苏州人，苏州市文化局退休干部。

把酒行歌

重逢泛一舟，握手话离愁。
厚土凌云志，高天向自由。
青春多努力，皓首少烦忧。
把酒夕阳里，行歌日月留。

江城子·爱无央

天山屏列雾岚长。霰银装。碧波汤。登高远眺，心
绪袅飞翔。我唱人间天上曲，惊世美，爱无央。

入塞辞·天地人

着裙装。踏歌来、五彩光。揽回山水秀，恰似美娇
娘。风也香，雨也香。
沃田肥坡耒作忙，菜垄黄，青麦妙镶。全凭双手绘
家乡。天亦慷，地亦慷。

王志斌

王志斌，男，1950 年 12 月生，吴江人。中华诗词学会会员。

与友人暮吟

相知肝胆两衰身，久别嘘寒执手询。
少小过从忆泥爪，至今无悔识玄津。
秋怀犹伴潇潇雨，杯满更浇仆仆尘。
酣兴能消心底事，由他暮色渐氤氲。

途中秋韵

往来南北作悠游，云淡天高放眼收。
小醉驿亭辞涧水，又馋鲈脍到长洲。
漂萍也享寻常月，素菊香弥万里秋。
残暑渐消犹未尽，枫林红叶正绸缪。

国庆有怀

隔湖一抹染枫丹，望里秋光接远峦。
别样人间非绮梦，祥和海内正安澜。
襟怀不待诗心老，晚景欣逢世路宽。
莫问衰翁能饭否，若驮椽笔可加鞍。

王龙生

王龙生，男，1951年2月生，苏州人。大中华词协会员，《暮雪诗刊》顾问。

夜半钟声遣远愁

玉笛清灵雅韵悠，翩飞燕雀憩枝头。
棹歌铁岭观鱼阵，船泊枫桥戏水流。
柳碧依依波似链，花红迭迭叶如钩。
诗仙月下听仙曲，夜半钟声遣远愁。

采桑子·中秋

东天圆月枝头挂，穿透芸窗。穿透芸窗，树叶婆娑，
摇曳影如霜。

姮娥独舞中秋夜，叙诉衷肠。叙诉衷肠，愁绪燃眉，
此刻更思乡。

西江月·古稀吟

身系秋冬冷暖，心期春夏昏晨。古稀常系少时珍，闲
逸无忧无恨。

曲赋诗词相伴，乒乓律动强身。颂吟挥拍抖精神，
何惧晚霞很近。

陈立俊

陈立俊，男，1951年6月生，江苏大丰人。中共党员，曾任教师、警察、医院行政管理人员等。

长相思·老漂苏城

卯酉涛，太湖潮。人似浮萍随处飘。桑榆异地跑。

亲遥遥，友寥寥。方语悬殊习乱聊。新朋犹处交。

如梦令·立夏

春去夏来本日，万物繁滋青苗。闻鸟啼蛙鸣，东野百花华色。如画，如画，万种风情齐集。

豆麦油油暖碧，育稻忙忙当即。农事误难回，夏长秋收足食。农穑，农穑，强国富民助力。

行香子·运河春色

水箭河湖，浪逐游凫。倚春风、生气鹏图。运河两岸，平坦长衢。百花迎春，此花白，彼花朱。

浩荡衔舻，疾速长驱。笛声鸣、惊乱慈乌。一时乘兴，步道晨趋。鸟声啾啾，蝶儿舞，景风呼。

陈志强

陈志强，男，1951年10月生，吴江人。吴江区文体广电和旅游局退休干部，研究馆员。先后出版《诗画吴江》《水乡名镇》《吴风越韵》《诗话吴江文物》等诗集。退休后热心于老年大学、小学的诗教工作，被评为江苏省诗教工作先进个人、苏州市老年大学先进教师。

香雪海咏梅

邓禹隐居留古祠，西陂咏海折梅枝。

后人寻迹登巉岭，万顷雪波皆是诗。

咏 荷

周子爱莲香远清，诚斋咏碧赞杭城。

吾侪吟藕丝长续，总向人间织挚情。

忆江南·吴江美二首

吴江美，春景胜仙都。绿晓庄前千柳舞，红梨渡畔万绸铺，花雨落平湖。

吴江美，夏景胜仙宫。贴水园中菰叶翠，垂虹桥畔藕花红，如画在诗中。

邓泽凤

邓泽凤，女，1951年11月生，重庆市人。江苏省诗词协会会员，苏州市诗词协会理事，曾任吴中区诗词协会副会长兼秘书长。

游桃花潭

十里桃花过往船，万家酒店起炊烟。
潭深千尺今犹在，李白扁舟且未还。

阮郎归·洞庭西山

烟波浩渺画船游，青山逐水流。寻常巷陌隐芳洲，春茶秋果优。

鸡唱和，鸟啁啾，声声亦解愁。来生赚取此柴楼，做回陶令留。

行香子·重阳节登三山岛

一路风光，阵雨添凉。太湖水、棹动帆扬。烟波万顷，天际茫茫。客登仙岛，入仙境，阅仙庄。

三峰名寺，明墙清瓦。现如今、重现辉煌。格桑华丽，金桂飘香。步林荫道，柿林艳，柚林长。

蒋海波

蒋海波，女，1951年11月生，吉林辽源人。初中教师，退休后定居苏州。中华诗词学会会员、江苏省诗词协会会员、苏州市诗词协会和沧浪诗社理事，《姑苏吟》编辑。

忆江南·吴齐子诗词拜读集句

繁星缀，一望景全新。莫道桃源仙境渺，书成系列探前津，笔笔有风神。

双鬓白，一卷溢清芬。碧水滔滔浮大玉，夕阳脉脉敬斯人，厚泽再传薪。

临江仙·回忆沧浪诗社老社长石琪先生的高雅风范

戎马硝烟声依剑，文星遽陨苍茫。秋风秋雨隔秋霜。一吟枫落句，百字是衷肠。

随笔丛谈襟若谷，名君别院书香。谦怀谦格著谦章。舟耕诗韵阔，教泽毓沧浪。

玉壶冰·拜读魏嘉瓒先生《古典园林史》

云飞扬处歌风起，弘论腾龙势。洞箫奇石韵清嘉，竹帛梅笺今古志芬华。

勺湖写意诗情瓒，吴越烟川瀚。沧浪千载仰高峰，最美读书声播大江东。

浪淘沙·周秦教授昆曲讲座

昆岫玉生烟，湖石梅边。五千岁月意绵绵。恻恻临川歌柳梦，梦绕云峦。

国粹脉相延，道载吟缘。承先启后又年年。濯濯沧浪丰气韵，韵裹江天。

张欣欣

张欣欣，女，1952年2月生，江苏苏州人。中共党员，高级会计师，苏州市财政局退休干部。中华诗词学会、江苏省诗词协会会员。曾获2019年首届"现代杯"全国诗词大赛优秀奖。著有个人诗集《雨丝风片》。

秋鸣之夜

秋来脚步如期至，白露霜花寒意生。
落影高低千树瘦，卧凉远近百虫声。
烟中月旦含悲喜，浪里年华度晚晴。
翠柳扶风春恨短，赋诗一首几回惊。

人　生

活水蒹葭不尽情，三生踪迹到安营。
相从如梦经年老，所慕无愁涉世明。
我与春风皆过客，谁携晚景欲同行。
万般甘苦都回味，依旧闲庭一羽轻。

一剪梅·秋日抒怀

一夜秋风破暑凉，苇渚鲈香，橘绿橙黄。茏烟稻熟好收粮，捕蟹搜塘，煮酒烹汤。

蝉唱方休静夕阳，人欲梳妆，柳欲飞扬。满山桂雨解愁肠，花念韶光，心念儿郎。

声声慢·网师春晓

花花草草,暖暖寒寒,莺莺燕燕鸟鸟。乍暖还寒时候,网师春晓。楼台近水嫩柳,怎敌他、细风轻绕。独自也,正悠然、却是露芽偷笑。

灼灼其华精巧,几点雨、窗花暗藏娇俏。守着鱼塘,镜里透来窈窕。池边小声细语,殿春簃、静静悄悄。这次第、把万念消与杳杳。

尤曙东

尤曙东，男，1952年4月生，苏州人。工程师职称，曾任苏州工业品商场购物中心工会主席。中华诗词学会、江苏省诗词协会会员、苏州市老年大学诗词协会会长。曾获"美丽中国""风雅杯"全国诗词赛一等奖。

题九玉淇《踏雪寻梅图》

松径寒光翠，红梅初绽晨。
晓风飞冷艳，踏雪觅香人。

临江仙·金鸡湖中秋

湖畔踏秋君作伴，人间天上良宵。月笼烟柳水涵桥。霓虹星斗，朱阁桂香飘。

又忆当年相语笑，花前一曲音嘹。三杯清酒醉笙箫。吴侬声里，那夕几魂消。

满庭芳·寒山寺揽胜思贤

渔隐桥前，江枫洲内，叶翠花簇红晴。满庭芳草，听暗绿啼莺。赋客诗人结伴，步曲径、笑语盈盈。惊虹渡，水随天去，云影湛波平。

萦情，追往昔，寒山寺月，铁岭关灯。看张继行踪，秋晚霜生。渔火客船夜半，枫桥傍、塔影钟声。孤吟处，抒余胸臆，诗就万年名。

天香·梦回地中海

浪卷银涛，波堆玉屑，浩渺云霞潮涌。海阔天空，山高地迥，独立寒秋谁共。白鸥千点，山海汇、翠峰高耸。冲浪扬帆迅疾，长风夕阳迎送。

醒来始知一梦。壮年时、建勋思动。飞越天山大漠，异乡吟弄。西域琳宫画栋。忆前事、悠悠万思纵。夜静忘眠，寒衾半拥。

范慧娟

范慧娟，女，1952年5月生，苏州人。江苏省诗词协会会员。

咏　雪

本是瑶宫云小姐，慈心下界利穹苍。
洁如玉蝶凌空舞，轻若鸿毛润土香。
抛向高山除秽貌，催迎大地换银装。
今生舍已化甘露，笑看来年五谷昌。

千秋岁·悼念袁隆平院士

谷风哀叹，悲雨声声咽。人缟素，花盈满。恭身虔
叩首，含泪瞻慈面。凄送别，九旬稻父升天苑。

忆昔初心坦，禾下乘凉愿。民以食，粮为冠。一生心
血哺，万顷新苗绽。功盖也，九州四海粮仓遍。

新荷叶·重元寺赏荷

夏日华池，飞蜻误歇荷衿。闲倚湖亭，新蕖争仰香
岑。云来雨疾，似千手、醋拨牙琴。玉盘珠泻，陶然天
地和音。

开霁惊吟，濯缨清绝明心。泫泫鲛珠，何仙失落琼
簪？禅门静客，如期至、不尽缘深。重元聚首，原来无
往无今。

刘建华

刘建华，男，1952年5月生，苏州人。江苏省诗词协会会员，苏州市诗词协会和沧浪诗社理事。

心

心香一瓣芸芸事，古刹千年难确时。

空色道情何所意，禅身坐月怎人知。

烟 村

烟村古寺濯尘虑，不是归心不寄身。

佛日增辉法常转，大观觉梦感何人？

梦江南·毛主席像

风雨散，苍狗白云间。还恐春天归去去，且将心事
梦年年。挥手夕阳边。

宋宝麟

宋宝麟，男，1952年5月生，江苏太仓人。太仓市人力资源和社会保障局退休干部。中华诗词学会会员，中华文化旅游诗词学会荣誉理事。曾获中华文旅协会纪念"中华人民共和国诞生70周年"和"中国共产党诞生100周年"诗词活动一等奖。

生查子·岁月

夕阳身影斜，小巷街灯暗。缓缓走来声，远远童谣灿。
白头回故乡，儿伴街头见。迎面认迟迟，握手乡音颤。

一剪梅·小艇犁浪

江海涛声伴小船，行也飘然，坐也清安。长虹下面鹭飞环，鱼在窗舷，酒在身前。

友约多回昨得闲，不似神仙，又似神欢。迎风碧浪谷峰绵，胜荡秋千，浩荡群峦。

贺新郎·杯中物

醉梦悠悠路。五千年、几多演绎，可由谁驭。天地之旋山河倒，且看汗青深处。多少事、运谋得助。成败富穷都显影，是知音、进万家千户。愁有尔，喜随汝。

鸿门宴上刀光舞。炫耀了、孟德玄德，英雄讥妇。文有诗仙留青史，武有景阳毙虎。举杯后、江山易主。玉液琼浆多故事，笑谈间又把君来吐。杯再满，露心语。

章可文

章可文，男，1952 年 6 月生，苏州人。中华诗词学会、江苏省诗词协会会员。曾获第十八届"天籁杯"中华诗词大赛金奖。

上海至喀什飞机上

万里江山眼底量，长空透碧草清香。
飞机暂且当天马，我牧白云如牧羊。

咏　菊

小似星星大比盆，缤纷多彩出同门。
无言得使千秋赞，半是丰姿半是魂。

鹧鸪天·游天平

菊蟹肥腴南去鸿，飞来万笏指晴空。云林烂漫霜调色，山石嶙峋笔试锋。
依绿水、绕青松，行临范庙恰观枫。先忧后乐清风正，何惧人间不大同。

戚氏·东山抒怀

越吴间，震泽沧灏水齐天。日月沉浮，斗星藏显，孕尘寰。常言，稻桑田，苏湖足后九州安。朝霞染亮秋色，聚拢岚雾隐青山。羽击鳞跃，帆移船过，任凭浪拍涛掀。正枫红菊丽，鸿去虫蛰，萧瑟初寒。

遥远，上下千年。从泰伯算，教化易荆蛮。衣冠渡，北风南旋，际会开源。每兴叹，自此以降，凰飞凤舞，虎踞龙蟠。状元进士，俊杰良才，恰似泉涌连绵。

秉性怀溪谷，求清逸气，意属云闲。景慕轻烟野鹤，对功名富贵我无缘。笑他将相坟荒，谢王府废，谁识乌衣燕？念淡茶粗食长康健，尤企望、朋侣盘桓。酒遇诗、即是欢颜。见黄果绿树绕林园。渐斜阳晚，芦花白鹭，尽现嫣然。

季锦云

季锦云，男，1952年10月生，中学高级教师，中共党员。中华诗词学会、江苏省诗词协会会员。

晚　归

夕照远山枫叶红，炊烟袅袅韵无穷。
风帆高挂歌声起，收网晚归笑谈中。

盛夏吟

夏至无风暑欲燃，衣衫汗湿夜难眠。
山林树绿蝉声噪，柳岸池清锦鲤穿。
避暑蜻蜓浮碧水，寻凉白鹭掠晴川。
何时能息天公怒，遍洒甘霖润野田。

诉衷情·回故乡感怀

驱驰久别故乡程。遍地尽秋声。银龄六十归隐，谁与话人生。诗有韵，赋传情。醉兰亭。朝游阡陌，集雅繁英，不慕浮名。

齐天乐·太湖东山游

太湖辽阔兰舟渡，秋光醉霞云树。水秀山青，孤帆远影，精美珍图无数。纷飞苇絮。正西下残阳，晚风和煦。白鹭盘旋，此情难禁作诗赋。

闲来太湖漫步。启园藏轶事，云集羁旅。柳毅传言，康熙御驾，吴越留存典故。情倾训诂。任行客遐思，昔人西去。古往今来，俊臣多寄处。

沈松林

沈松林，男，1952 年 11 月生，苏州人。苏州市诗词协会和沧浪诗社理事，担任《姑苏吟》编务工作。

太湖颂

万顷波涛浩气蒸，问君缥缈几多情。
翳阳翠黛茫茫色，细雨方圆片片明。
鹭淌荡边鱼蛤觅，鸥翔浪上水天清。
三桅帆幔乘风去，两耳遥音橹永生。

迎接中国共产党二十大召开

石库门楣星火现，南湖舵转远谋长。
红旗漫卷西风烈，青史初生北斗光。
领袖言行惊世界，人民智慧识炎凉。
中流洗礼经霜雨，伟业新篇二十章。

南柯子·秋日艺圃

丽日侵园木，微粼映小舟。池前名德载沉浮。艺圃蓬莱风雅欲无求。

锦鲤潜行草，芭蕉掩寂楼。杯中万顷纳深秋。峰剪片云残影拨寥愁。

黄建萍

黄建萍，女，1952 年 12 月生，江苏无锡人。苏州市政协退休干部。中华诗词学会、江苏省诗词协会会员。2016 年获"天堂新咏诗词大奖赛"二等奖。

仲 夏

蝉鸣林籁静，风动芰荷香，
心素淡如月，悠悠夏日长。

牡 丹

不随桃李竞春光，摇落残红始吐芳。
淡抹浓妆痴欲醉，轻颦浅笑意如狂。
韵情万种羞明镜，仪态千姿傲碧苍。
独领风骚三月暮，天香国色冠花王。

鹧鸪天·宝带桥

玉带横波浑欲飞，苍龙出世绮霞随。联翩孔洞联翩月，千古云烟千古姿。

捐玉带，募桥资，为民请命立丰碑。石狮犹记王公迹，亭塔轻笼刺史辉。

新荷叶·与旧友鼋头渚赏荷

翠叶田田，荷风轻拂衣衿。出水芙蓉，粉裳遥缀青岑。
欢声笑语，是何人、抚动瑶琴。红尘如梦，鬓衰难改乡音。

沉醉花阴，沁芳一片冰心。憔悴韶光，白头不胜华簪。
舞烟眠雨，千古月、一往情深。清香淡诉，高风辉古扬今。

朱 玲

朱玲，女，1953年3月生，江苏苏州人，曾任苏大附一院图书馆馆长、苏大附一院信息科副科长、副高职称。

大漠胡杨赞

扎根瀚海志存胸，咬定黄沙不放松。
伟岸雄姿真武士，沧桑傲骨铁蛟龙。
春来翠冠遮尘土，秋去金辉耀玉峰。
大漠之魂华夏脊，三千岁月笑从容。

柳梢青·春游瘦西湖

淮古名园，平山湖瘦，细柳斜烟。桃水依风，琼花飘雪，十里春喧。

姜公重到应叹，黍离恨、而今尽翻。芍药桥头，年年红盛，换了人间。

双双燕·耦园

探幽巷处，看青石灰墙，暗香初透。人家枕水，画舸泊停依柳。园隐松间石后，尽可见、楼双院偶。筠廊恰对樨廊，女醉还因郎酒。

佳耦，诗城共守。咏伉俪偕调，瑟琴和奏。芳林归晚，竹笛惹思弥久。崇古人之雅厚。处处有、情浓恩秀。如此眷侣神仙，怎不羡人以否？

惠建华

惠建华，女，1953 年 4 月生，苏州人。主任医师，副教授，先后在南京医科大学，苏大附一院从事口腔医疗教学工作四十余年。中华诗词学会、江苏省诗词协会会员。作品入选《苏州市老干部建党百年诗书展》《运河十景诗书画印展》《江苏省拥抱新时代喜迎二十大诗书展》等。

黎里古镇

黎里迎霞绮，湖清泛棹游。

古桥多客梦，窄巷独诗愁。

风送渔家曲，街留进士楼。

兴来吟隽句，不觉已归舟。

白衣天使

苍穹降下凡天使，洁白无瑕着素妆。

救死扶伤亲病患，悬壶济世远愁肠。

仁心去痛医风守，妙手回春智慧扬。

荡涤人间顽痼疾，深怀挚爱保安康。

水调歌头·建党百年华诞

建党百年庆，极目九州欢。回眸雨雪风霜，星火亮红船。浴血先躯奋战，砥砺前行千路，四海尽开颜。革故立新政，踔厉换常安。

沧桑变，神州美，旆旌妍。繁花硕果，宏猷功业志弥坚。北斗穿云宇宙，探月嫦娥起舞，奋斗敢为先。华夏腾飞梦，寰宇凯歌传。

玉蝴蝶·树山生态村

翠叠树山春晓，蜿蜒栈道，果木层巅。碧水溪流，游目绿野山峦。舞春风、满坡茶树，沐雨露、遍地梨园。换新颜，盖楼修路，民宿游闲。

丰年，茶香果满，竹林春笋，四季时鲜。网络营销，翠冠梨誉满区寰。赞规划、青山绿水，谱乐章、十里金山。看乡间，小康圆梦，国泰民安。

丁凤萍

丁凤萍，女，1953 年 5 月生，苏州人。退休医生。现为中华诗词学会会员、江苏省诗词协会理事、苏州市诗词协会和沧浪诗社副会（社）长、秘书长。

南园赏菊

红酥黄圻绮霞明，持尽秋光别样情。
南圃犹沾三径露，疏篱风动发吟声。

洞庭碧螺春

采摘云烟碧，泉烹相与纯。
搓团匀谷雨，揉捻抖春痕。
一盏诗清骨，千壶骚濯魂。
成然得三昧，细细品乾坤。

参观柳亚子纪念馆

正值江南梅雨残，乌篷载梦过澄澜。
文心洁练毛锥利，诗酒淬磨锋剑寒。
五卅声援凭壮志，三民博爱击鹏抟。
昔时古镇精英荟，天下风云看万般。

小重山

谒黄公望墓归来，网上搜看沈周《仿黄公望富春山居图卷》

远岫生云漫古墟。泛舟波澹澹、影蘧蘧。茅檐逋客逐飞凫。松间壑，萧瑟走樵渔。

淡墨筑山居。可怜焚半卷、更残图。诗文载酒醉中呼。浑忘却，向晚品秋鲈。

鹧鸪天·游碧螺峰

秋雨携风湿老柯，洞庭翠麓影婆娑。井泉不断瑶池水，野鹤偏衔陆羽歌。

舒更碧，卷如螺，嘉禾团簇满山坡。春来一盏云芽待，丘岭清溪俱醉酡。

张承安

张承安，男，1953年6月生，江苏苏州人。中华诗词学会、江苏省诗词协会会员、苏州市诗词协会和苏州沧浪诗社理事。

丛溪漂流记

竹筏轻敲笑放歌，丛峦叠翠共相和。
惊涛罨浪篙头化，百折千回不厌多。

廉石吟

一块清廉石，千秋法理长。
不含贪腐色，只压远行舱。
百姓心中宝，官厅案上章。
多营良善事，世代口碑香。

雨巷春色

一帘甘露九天来，青石阶沿去旧埃。
黛瓦倾情敲玉钹，芸窗快意请新雷。
平明酿绿墙头草，落夜催红井角莓。
正是江南花好日，满街风韵任君裁。

南乡子·七夕

抬眼望双星，清高满载玉精诚。岁岁无凭心未冷，天生？一缕金风吹又醒。

相爱莫相轻，此身长向鹊桥行。纵使人间归不得，何营？福佑春秋老与青。

薛招娣

薛招娣，女，1953年12月生，江苏苏州人。中共党员，副研究馆员。中华诗词学会、江苏省诗词协会会员、苏州市作家协会会员。作品入选《望月楚山·江苏抗疫诗词书法展作品集》，曾获"天籁之音"第十八届天籁杯中华诗词大赛金奖。

铁铃关

城西炮火响连天，直插枫桥舞夕烟。
我立楼前重侧耳，还听关隘话当年。

两地书

春风花信，可系红笺。柳毅书简，秋心望穿。
滴漏沙沙，窗前锦篇。愁肠百结，鸿雁相怜。
尺素方寄，已盼回函。衾薄夜深，梦中比肩。
君情如海，余意若天。一种相思，两处无眠。

江城子·红梅报春

小庭恬静夕阳斜。暖枯葭，照冬芽。案几花窗，叶影落沙沙。忽见红枝摇壁幛，香胜杏，艳朱砂。

凌寒只为报春华。念千家，走天涯。梦遇君时，紫燕又青纱。雪谷霜山风四面，新柳绿，遍桑麻。

木兰花慢·庚子疫中盼

　　怨深寒久雨，意惘惋，懒梳妆。恰解语无香，严冬不雪，端月苍皇。无常，泣窗外景，似烟尘尽染旧时荒。残夜空城不寐，疫情越界飞殇。

　　张狂，怅望疫乡，黄鹤怒，华佗强。愿大海行舟，高天渡雁，气宇轩昂。铿锵，忍凉雾重，盼春风再拂万家昌。梅后枝头醉绿，暖阳又照东墙。

丁占青

丁占青，男，1954 年 3 月生，江苏常熟人。常熟市供销合作总社退休职工。

游沙家浜景区

几片芦汀飞鹭鸶，一行画舫入清漪。
闲游处处皆新景，唯听皮黄到旧时。

福山铜官山石船

七峰点点碧葱茏，农舍田畴烟雨空。
应是江南风景好，石船不肯入江中。

秋日登高

小径漫行入翠湾，轻风送我好跻攀。
城中楼影横空峙，湖上秋阳照水闲。
偏爱茶烟添雅趣，谁知钟磬解愁颜。
青山未老人催老，坐看浮云复往还。

朱永兴

朱永兴，男，1954年9月生，吴江人。曾任吴江市文化馆馆长、吴江博物馆馆长。中华诗词学会会员、江苏省诗词协会理事、苏州市诗词协会和沧浪诗社常务副会(社)长、吴江区诗词协会名誉会长。有一百八十余首作品发表在《诗刊》《中华诗词》《中华辞赋》等报刊并多次获奖。著有个人诗词作品集《情满江南》《陋庐吟怀》。

暮秋游园感赋

带露披霞踏暮秋，满园秀色晓光柔。
汀芦放白知风劲，篱菊浮香着意稠。
数阵归鸿姿楚楚，一天红叶韵悠悠。
老来休说夕阳晚，唤得童心不理愁。

重访练聚村

一入江村顿觉亲，萦萦瑞霭静无尘。
柳垂浦岸桥添老，画断蓬莱楼列新。
致富路宽丰岁乐，绘图意远俗风淳。
畦飞霓彩写清景，城里搬来逐梦人。

感　怀

我借仄平沾韵坛，逍遥尘世等闲看。
心清自得宽和窄，室陋当知暖与寒。
霜气横秋肝胆豁，热风吹雨脸霞丹。
何图锦帛缠身粲，诗酒人生花影漫。

满庭芳·酉阳桃花源

郁郁青山，轻轻紫雾，一方梦幻仙乡。叠琼耸翠，阡陌掩柔桑。恍入蓬莱幽境，漫移步，奢竞桃芳。潜村处，蛙鸣南亩，畴野浥风光。

飞泉惊洒玉，鸣钟击鼓，玉露琼浆。织红霞，事为良善姑娘。神往人间净土，梦牵绕，陶令文章。清风里，田园诗画，此地正朝阳。

高阳台·感吟京津冀协同发展

坝上欢歌，燕山仰首，海河水暖天通。燕舞莺歌，苍苍碧宇飞虹。千年憧憬今朝现，众黎民，笑脸彤彤。是嘉招，赢得民心，逐梦从容。雄关百里舒怀地，聚神州俊杰，势若腾龙。联手强强，敢凭钢箭良弓。京津冀合同相进，起春潮，声振霄重。定宏图，铁甲千军，勇上巅峰。

陆文贤

陆文贤，一名凤贤，男，1954年11月生，江苏苏州人。中华诗词学会会员，中国楹联学会会员，苏州市诗词协会和沧浪诗社理事，苏州云泉诗社社长，吴中区诗词协会会长。编著有《云泉清吟》《历代名人咏木渎》《木渎古镇对联集成》等。

云泉诗社成立二十周年抒怀

廿载回眸百感生，初心犹热蹑鹏程。
长吟傲骨铿锵句，时动柔肠缱绻情。
一社断金添虎翼，百家琢玉点龙睛。
小成刻鹄慵何敢，只恐诗稀忧乐声。

杜甫诞辰1300周年读杜诗怀杜甫

巨嶂摩天众仰唐，少陵大笔富心香。
三生情悯群黎苦，万丈襟期广厦偿。
乱世频经悲国痛，朱门浩叹泣民伤。
感时恨别颠连史，读得铜人泪数行。

中秋佳节打工族

今夜思亲年复年，几多把酒问青天？
桂熏客梦何其馥，月浸新愁愈发圆。
千里奔波拼苦力，一家生计靠工钱。
纵然邀得老乡聚，泪滴离情究可怜。

酹江月·纪念中国人民抗日战争胜利六十周年

壮怀难已，况千般梦滤，如何犹烈？六十年前烽火遍，倭寇侵华猖獗。烧杀奸淫，腥风处处，迸溅屠刀血。尸骸忍抚，九州千里万叠。

昂首铁马金戈，岳词高唱，浩气吞云月。碧血铸成华夏固，八载几多豪杰？国恨家仇：岂容重噪，军国阴魂舌。敢翻铁案，把头来试吾钺。

陈正平

陈正平，男，1955年1月生，张家港人。正处职军转干部。苏州市诗词协会和沧浪诗社会员、张家港市诗词协会会员暨今虞诗社理事。解放军《红叶诗社》社员、大中华（香港）诗词协会会员暨《南方诗词文苑》常务管理。

重阳感怀

烟雨朦胧碧水泱，秋风漫卷菊花香。
时光变幻重阳至，节序轮回好景长。
相拥凝眸追往事，登高极目意疏狂。
人生易老真情在，绮梦同圆共举觞。

青玉案·湖畔抒怀次周秦社长香山书院韵

蓬莱仙境宜人住。望湖畔、波浮树。燕剪柳梢春梦诉。碧波如镜，烟村隐雾。桥耸霓虹路。

江东逐梦心归处。静好时光晚晴度。歌咏诗吟情若素。一湾翡翠，满城花絮。心醉梅花渡。

倦寻芳·春日梅岭

晨曦初露，塔影浮华，山寺闻鼓。柳色沉沉，香径蝶飞蜂舞。小草方塘泱碧宇，疏枝梅岭香烟缕。倚危栏，赏繁花烂漫，琼瑶娇妩。

景迤逦、春风和煦，人隐芳丛，莺啼清浦。忘返流连，翡翠一池谁妒。山色湖光心若素，香魂冰魄情如故。意疏狂，梦嫣然，韵依归路。

朱国平

朱国平，男，1955年1月生，原籍盐城，现居苏州古镇木渎。中华诗词学会会员，江苏省作协会员。

邂逅顾颉刚故居

悬桥一侧顾家弄，巷陌寻常隐秀峰。
凝望匾牌生景仰，广庭旧宅墨华浓。

东山杨湾古巷

曲曲弯弯窄又长，斑斑驳驳驻时光。
参差农舍明清范，果树茶园绕四旁。

义风园吊五人墓

阉党祸加周顺昌，市民奋起遏凶狂。
五人就义山塘哭，万众动情天地伤。
奸佞难逃筵席散，英魂不逝寿年长。
生祠废弃埋忠骨，一代殊荣千载光。

陈汉林

陈汉林，男，1955年2月生，太仓人。长期从事教育工作，小学高级教师。

重 阳

菊黄叶落告寒秋，岁月穿梭似水流。
辛丑重阳思好友，姑苏遥祝乐悠悠。

游虎丘感怀

姑苏六月好时光，山有石桃风采扬，
颜体剑池留万古，踞丘白虎颂吴王。

登庐山

嶙峋古柏正清颜，喷沸烟云绕远山。
万丈川流飞壑谷，琼瑶仙境落人间。

刘 军

刘军，一名子愚，男，祖籍山东文登，1955年2月生于江苏太仓。中华诗词学会、江苏省诗词协会会员，太仓市诗词协会顾问。作品《鹧鸪天·廉公葛天民》《西江月·紫薇颂》获全国诗词大赛奖。

镰锤永生
——纪念中国共产党百年诞辰

破晓南湖一派惊，镰锤铁打胜长城。
江山翻覆操戈起，星火倾危背水生。
拔地九州终烂漫，擎天大国又纵横。
百年砥柱何其壮，根在人民梦定成。

春祭骆宾王

久闻才子骆宾王，魂绕狼山好感伤。
曲项悲歌向寥落，清波红掌付苍茫。
何堪豪气孤吟远，幸不雄心独啸藏。
一代童诗非幻梦，纵横今古笑荒唐。

民乐艺术家张晓峰

江南昆曲水磨腔，丝竹悠悠绕栋梁。
弦拨沧桑今古泪，笛穿朝野梦魂肠。
高山幸喜多桃李，游子何愁少汉羌。
四海情怀皆乐谱，化成天籁寄家乡。

参观朱屺瞻梅花草堂

铁卵池边画韵凉，回天警世恨何长。
百年踪迹向花径，半劫生涯成栋梁。
石有顽痕风格老，梅无残叶泥魂香。
几番细嚼凌霜骨，谁不豪情穿寸肠。

蔡树良

蔡树良，男，1955 年 4 月生，苏州人。公务员退休。中华诗词学会会员。

雨后白相里

家家门口草花鲜，户户垣墙净似湔。
小坐阳篷清景里，水珠滴落到前肩。

守　望

旧岁买枫根，勤勤种瓦盆。
阴晴观土色，朝暮看芽痕。
耐性堪无比，坚心足可论。
春风三月劲，绿漾我神魂。

江城五月

云薄风清初夏天，野花烂漫遍畴阡。
垄间月季邻雏菊，坡顶蔷薇共马鞭。
休假帐篷支岸上，贪玩童幼戏湖边。
凄惶三载终将去，时令家家备水鲜。

蔡 平

蔡平，男，1955年8月生，太仓人。曾获第18届"郑和卡杯"夕阳红艺术节诗词比赛优胜奖。

荷塘漫步

翠柳池边有荫凉，红尘漫步伴芬芳。
斜阳映照桑榆晚，一阵南风一阵香。

中 秋

中秋玉镜笼轻纱，莹白光辉暖我家。
欲问嫦娥应有酒，浅斟低唱话中华。

退休吟

笑罢凡尘坎坷同，是非成败转头空。
身归岁月留行日，心憾芳华未建功。
社保关怀无远虑，家居养老有东风。
安康何惧桑榆晚，尽守余晖本色红。

顾　逸

顾逸，一名为宁，男，1955 年 9 月生，苏州人。职业画家。江苏省美协会员，苏州正社书画研究院副院长，苏州职业大学客座教授。中华诗词学会会员。

听雨轩

曾于斯处雨听声，意念弄弦吁落英。
今日重游追旧忆，之间不觉每忘晴。

网师园涵碧泉

冷香亭下池清冽，俯看洞天如碧窗。
浅水尺余终不涸，潜流石底达三江。

菩萨蛮

白鸥轻掠惊香雪，青螺点缀波层叠。一览澹痕天，渔歌芦荻间。

春情谁与诉？尽付梅花处。往事自堪存，犹怀白石魂。

郑一冰

郑一冰，男，1956年1月生，吴江芦墟人。申龙电梯退休高级工程师。曾获2016年"柳亚子杯"全国诗词大赛三等奖。

寅年迎新

虎溪声达柳条前，绿意分湖雨润田。
鹊喜东风今始渐，灯明爆竹夜频传。
知心偶遇宜连榻，鸟语常闻有感天。
压岁散银休用尽，为春留得买花钱。

壬寅春日感怀

沉寂黄花数旧村，多情草树对晨昏。
春风明月年前事，老缶新茶岁暮门。
梦影朝来归露气，心声夜半化诗痕。
离骚吟断灵修路，去水鹃啼白帝魂。

壬寅初夏感怀

雨后轻烟尚薄游，送春花处蝶魂留。
新荷煮字文犹绿，白鹭听琴曲正幽。
见客徒闻随野竹，交朋贵淡作闲鸥。
纳凉觅得眠沙地，独钓清波隈水舟。

胡长树

胡长树，男，1956年5月生，安徽怀远人。大学本科，原木渎高级中学语文特级教师。苏州市诗词协会和沧浪诗社理事。著有诗歌散文集《诗意人生》。

庆祝天问号着落火星

天问千年谁可极，火星闪耀五星红。
九重量度中华画，再写神奇看祝融。

冬 泳

谁敢严冬携浪舞，豪情挥洒拥寒流。
雪飘请柬邀畅泳，雨送点心馈悠游。
云影山光浮爽悦，风刀霜剑斩温柔。
痴心不改冰河恋，三浴千欢无一愁。

登鹳雀楼

鹳雀楼头鸿雁飞，惊为旧鸟恋巢归。
心随南去追云影，兴逸秋来捧夕晖。
豪迈可穷千水远，悠游当极万山巍。
吟诗怀古长空望，人字横天神笔挥。

沁园春·四十年同学聚会淮北相山

北枕峰峦，南对平畴，学府薪传。忆登山励志，粗衣不窘，攻书专注，淡饭甘餐。榴火晨曦，槐香月色，陋室求知长少欢。最珍惜，刻终身印记，煤彩流年。

匆匆四秩如烟，但惊见秋霜满鬓边。喜重逢情厚，笑颜同席，干杯义重，心语如泉。游赏南湖，寻踪母校，相伴今朝叹大观。身长健，揽一襟晚照，霞暖青山。

倪　明

倪明，男，1956年5月生，吴江同里人。中华诗词学会、江苏省诗词协会会员。参编《分湖诗钞》《秋鲈雅韵——吴江当代诗词作品集》《垂虹诗韵——历代名人咏垂虹桥诗词选读》，参与"传统诗词进校园"的诗教普及工作。作品入选"全国廉政文化诗词大赛"获奖作品集。

酬庆鸿兄

听雨听风过国庆，时凉时热度中秋。
九天乐动广寒梦，一局棋成石室羞。
巨木千寻防众蠹，汪洋万汇纳涓流。
五湖野老闲无事，独立篱边待菊稠。

石梁飞瀑

兹行驱车六百里，越中奇秀稍得偿。
临海长城国清寺，无如天台飞瀑强。
双溪交汇下石梁，万斛珍珠泻若狂，
巨鳞横跨首尾藏，霞客到此心悚惶。
山崩地涌白龙出，鼓吹百部掩笙簧。
万马千军齐一呼，王母失惊落琼浆。
源流直应通河汉，涛声远胜泛沧浪。
谷底风来散旅乏，游人雀跃照相忙。
手弄清泉洗尘垢，闲步方广二寺廊。
禅丛却傍波涛立，心静自然不张皇。

风雨肆虐，闭户家中，因取南社王玄穆
《风雨闭门斋遗稿》读之，率成一首

风雨闭门展汗青，百年讽咏旧诗情。
狂飙摧坠花多少，长夏销磨日几程？
碧落云含蛟蜃气，江湖潮送虎罴声。
池蛙林鸟无消息，檐滴三更梦不成。

袁方明

袁方明，男，1956 年 6 月生，苏州人。

喜迎二十大

丹桂飘香廿大迎，花灯旖旎倩京城。
神州锦地齐欢庆，四海亲朋热泪盈。
耋老吟诗来祝颂，蒙童高唱献歌声。
欣逢盛会群英聚，不忘初心伟业成。

菩萨蛮·端阳节

龙舟艾草青青叶，辟阴祛病端阳节。岁岁有端阳，年年祈靖康。

忧民忧国苦，屈子离骚诉。千古颂贤人，丹青留国魂。

采桑子·夜游

黄昏美景滨湖好，桥似蟠虬，岛似仙猴，满目朦胧如意收。

清风乍起银光笑，鱼戏兰舟，鸟戏枝头，十里滨湖美梦留。

侯蓝蓝

侯蓝蓝，女，1956年7月生，苏州人。

浪淘沙·走过底比斯

城堡踞危峰，残壁犹雄。穿林飒飒古来风。战士众神今可在？啸问苍穹。

多少伟丰功，荷马诗中。我来故地觅遗踪。帕纳索斯山脉下，一片蒿蓬。

谢春池·忆旧游寄金陵友人

去岁登临，飘渺望江亭处。与君歌、烟波晋楚。英雄成败，有谁能千古？叹功名、浪涛空付。

沧桑几度，说道秣陵多误。剑沉埋、王孙作土。兴亡潮去，供游人闲赋。只青山、旧邀休负。

行香子·漫山渡

疏远红尘，碧水萦村。逐鸥处、迷渡烟津。湖光淼漫，暧暧氤氲。着波融情，山融意，景融魂。

呼朋来也，沽酒携飧。醺然时、对语沙鹈。恋斯乡陌，愿结蓬门。伴晨光轻，韶光慢，暮光昏。

沈德官

沈德官，男，1956年7月生，苏州吴江人。吴江区文广新局退休干部。中华诗词学会、江苏省诗词协会会员，曾任吴江区诗词协会副秘书长。

贺吴江区诗词协会成立二十周年

一首诗词一朵莲，花中君子正田田。
初心不忘流年忆，廿载吟哦笠泽妍。

参观太湖雪蚕桑文化园

欣看蚕桑间沃田，如今满目已非前。
张墩怀古居长漾，嫘祖传承织帛绵。
姐弟丝缘铺路石，劳模革鼎诞宏篇。
茧花缭乱披多彩，衣被迷人颜值鲜。

清平乐·咏沪苏湖高铁

连州始海，银带添风采。砥柱桥墩承气派，高铁飞奔竞赛。

汾湖无限诗行，绸都奢侈装潢。百里往来提速，万家团聚加糖。

陈 艺

陈艺，一名建军，1956年8月生，苏州人，幼承家学王个簃先生，师从蒋吟秋先生。苏州市文联艺术指导委员会委员、苏州市书法家协会顾问、苏州市姑苏区书法家协会主席、苏州市青少年书画协会会长。主编《沧浪十八景金石集览》篆刻集、《王个簃书画作品集》《吟秋书论》《陈艺书画作品集》等。作品三次入展中国书法家协会主办的作品展，论文入选第四届西泠印社国际印学峰会并刊入西泠印社论文集。

乘绿皮车从丽江往大理

绿皮车列成前忆，唤起童年唱旅歌。
卧铺三层如旧梦，今朝高铁跨江河。

远望油菜花

遍地芸苔在眼前，风吹金毯舞翩跹。
繁花耀目迷游客，疑是汉中留百仙。

参加苏州市书协"挥写小康"采风

众安桥畔话沧桑，今日江村自富强。
绿水青山知远意，同心筑梦更飞扬。

临习颜真卿勤礼碑全通后有感 ①

细筋入骨体丰盈，篆法融和金石凝。
气势宽舒营大度，古碑豪迈自心承。

---

① 此手卷宽零点三四米，长四十一点六米，实际长三十八点三六米。共一千六百三十八字。

张金根

张金根，男，1956年8月生，江苏苏州人。上海铁路局杭州供电段退休职工。中华诗词学会、江苏省诗词协会会员，苏州市诗词协会和沧浪诗社理事。

枫桥路上

旖旎春光兴趣饶，江枫美景展琼瑶。

乌啼月落钟声近，时变序迁帆影遥。

绿树娑娑清霭堕，红花簇簇淡云飘。

天涯游客神怡处，张继诗名分外骄。

望夫石

日夜茫茫眺海天，风霜雨雪不知年。

白云远去心悬念，鸿雁归来泪潸然。

千里恋情关冷暖，一生诚信守姻缘。

望夫化石崖边立，长使人间故事传。

咏 菊

占尽秋光第一枝，出尘傲世独行时。

凌霜未减寒香色，淋雨犹存淡艳姿。

杜甫诗情望北阙，陶潜酒兴采东篱。

众芳零落同谁诉，千古高风不可疑。

袁培德

袁培德，男，1956 年 9 月生，江苏苏州人。中共党员。中华诗词学会、江苏省诗词协会会员。作品《卜算子·全民送瘟神》入选 2020 年"江苏抗疫诗词书法展"优秀作品。七律《庆祝中国共产党百年华诞》入选 2021 年苏州市"百年辉煌诗书颂党恩"优秀作品。

太湖亲水东吴村巨变

临湖依港水粼粼，夹岸悬栏花照晨。
曲径林深烟滴翠，疏篱果硕露香尘。
创优生态迷鸥鹭，致富农家隐凤麟。
打造品牌名播远，腾飞经济梦成真。
村民曾迓委员长，庭院常来行旅宾。
忆昔乡穷无秀色，嗟今土沃有芳春。
安知僻角冷清破，恰遇明时擘画新。
陌地涅槃归德政，田园锦绣更宜人。

卜算子·全民送瘟神

武汉罩阴霾，鹤唳风声急。扭转乾坤号角鸣，应召群雄集。

勇士阵前拼，后盾千方敌。护国临危闯险关，日出驱瘟疫。

新荷叶·赏荷

　　半夏芳薰，方塘翠润神衿。密叶罗烟，疏花照映西岑。芙蕖不语，恰鸥鹭、鸣奏瑶琴。梦香如约，多情自比知音。

　　风雨联吟，出泥傲骨冰心。荣谢孤怀，浮云绿盖红簪。澄波澹澹，泛舟忆、谁与缘深？光阴似水，爱莲从古流今。

渡江云·沧浪亭忆怀

　　城南遗胜迹，远山近水，明月伴清风。复廊延曲径，绮景虚窗，龙脊卧长虹。环亭掩映，花木森、蕉翠篁丛。轩榭幽、堂明楼影，纵幻境无穷。

　　寻踪，苏翁作记，永叔酬诗，渐园名得颂。先主人、依山养性，傍水禅功。而今美誉驰天下，览风光、客醉亭中。兴与废，沧浪之水长融。

葛为平

　　葛为平，男，1956年生，江苏太仓人。中华诗词学会会员，江苏省毛泽东诗词研究会理事、苏州市诗词协会和沧浪诗社副会（社）长、太仓市诗词协会会长。主编《娄东三鹭》《沧江七苇》，组织社友创作《娄城太平风》《金仓诗路》《水陌流金》《澍雨春泥》《浏河诗咏》等九部诗集。作品《水调歌头·无眠》《念奴娇·彩绘百年》先后入选江苏省诗协、江苏省书协以及省党建学会联合举办的"楚山望月""百年讴歌"专题诗书联展。

白露钓秋

白露白迷迷，天高燕子低。
墙篱摇月朵，鲈鳜隐桃溪。
波面风无落，青间穗欲齐。
谁邀都不去，独向野塘西。

题江村精舍图

惊知此处是吾乡，人焕精神地焕光。
一往清虚天四极，七分娴静水中央。
云霞西守微微暖，芰叶东开阵阵香。
溢美言辞无敢说，声高只恐扰吴娘。

卜算子·新年欢饮

敢是新春瑞，敢是屠苏媚。敢是心欢梦暖时，便向杯中坠。

喝到斜阳醉，醉也春滋味。醉到如泥欲靠墙，又笑墙儿退。

踏莎行·观北京冬奥会开幕式

大地翻苏，冰花造极，长城内外深呼吸。谁将故事诉春天，黄河一泻奔腾急。

冉冉升魂，皑皑逐魄，五环如玉昆仑出。燕山何以敢风流，神州不绝惊天色。

念奴娇·彩绘百年

苍凉六尺，引朱砂一点，纸间飞赤。只向井冈勾数帜，战马跃空嘶壁。泽阔皴青，山高莹雪，帆底奔腾急。犁庭栽木，笔端盈满春色。

寥廓如此清氛，推窗面海，泼了千钧墨。画得通衢云尽处，痕刻百年寻觅。绿盖人家，金濡瘠土，艨在深蓝弋。高天留白，一方红印如日。

陈维云

陈维云，男，1956年12月生，江苏大丰人，现居昆山。中学高级教师，多年从事中小学教育研究工作。

秋日偶成

秋雨梧桐染浅黄，天高云淡露生光。
赋诗红叶相思寄，月殿寒宫桂影香。

夏日游昆山森林公园

垂柳丝丝戏碧浪，芰荷芡实满池香。
鱼儿追逐冲天破，燕子斜飞剪夕阳。
老叟闲观云水动，稚童嬉扑蝶蜂忙。
诗仙若遇今盛世，对月何须独自伤。

昆山亭林公园观柳

亭林桥畔柳垂塘，依得东风势便狂。
烟雨朦胧涵碧影，水波盈荡泛青光。
鱼闲偏爱芦芽短，鸟倦更钟柔绿长。
吹面不知春气暖，轻拈新翠细端详。

郭学平

郭学平，男，1957年1月生，太仓人。公务员退休。中华诗词学会会员。曾任苏州市诗词协会和沧浪诗社副会（社）长、太仓市诗词协会会长。

党的百年华诞抒怀

南湖举帜卷西风，唤醒农工气势雄。
褴褛开山驱虎豹，镰锤破雾换苍穹。
千秋基石千秋业，万里江山万里红。
砥砺百年谁可敌，鲲鹏展翅道无穷。

沙溪古镇

地秀天华响九州，久长戚浦静悠悠。
乐荫园畔闲情满，吊脚楼前古韵收。
老巷遗踪思感触，洪泾往事若云浮。
新潮已换旧时水，浩荡春波万里流。

念奴娇·京城东奥抒怀

冰天雪地，见健儿跃跃，英姿灵矫。洁白高台飞越处，轻燕翻腾苍昊。雪道驰翔，冰池回舞，掠影风呼号。冰坛如画，艳惊男女老少。

情为冰雪燔燃，芳华热血，光彩寒天照。汇聚五环心炽烈，追梦同争荣耀。各路雄军，京华争霸，威誉留冬奥。国歌声里，繁星陪你欢笑。

彭方莲

彭方莲，男，1957年2月出生，徐州丰县人，定居苏州园区。公务员。江苏省诗词协会会员。著有诗词散文集《听竹轩集》。

雁荡山

岚雾层峦隐，丹青雁荡山。
幽篁双鸟唱，浅水几鱼闲。
峭壁飞银瀑，龙湫藏玉颜。
且持家酿酒，再请谢公还。

次韵魏老《八十述怀》

胸怀万卷有真知，藏器于身待善时。
处事殷勤堪规范，为人敦笃更钦迟。
清词雅赋追工部，流水高山唤子期。
八秩乌飞弹指去，大风依旧汉家诗。

清平乐·垂钓

持竿何处？野岸平芜路。餐罢泸州时已暮，戴月收藏凝露。

此中乐趣谁知，何须问取鸬鹚。吕尚直钩垂钓，大千渔叟如痴。

王玉荣

王玉荣，女，1957 年 3 月生。

习

独对孤灯夜漏长，三更无寐又何妨。
鼾声恰似铿锵韵，惹我诗文堆几行。

有 感

临屏敲字细思量，独对孤灯夜漏长。
莫忘初心追梦远，仄平路上不彷徨。

桃岭六道湾

江南天路百回弯，惊险频频莫倚栏。
沟壑纵横排有序，山林次第集无端。
风光旖旎眼前映，景色妖娆脚下观。
怪石奇松私窃语，问余何日再临看。

沙家骅

沙家骅，男，1957年4月生于上海，籍贯南京。机械工程师。沧浪吟诵传习社理事，日本关西吟诗文化协会哲皞会会员。

拙政园夜游偶感

归隐鬻蔬闲听雨，文王对饮话秋霜。
孰知御史难为继，岂料顽儿枉断肠。
旧宅残花频易主，新衙金匾屡更张。
沧桑五百乾坤定，喜得名园四海扬。

依韵魏嘉瓒先生《咏菊二首》其一

菊 颂

暑往秋来白露凉，凌寒君子沐残阳。
枝枝劲骨迎风立，朵朵清幽带露藏。
暖阁逍遥山野翠，东篱自在草庐霜。
古来隐者多高士，傲雪孤丛独我香。

沁园春·海疆

永乐开疆，钓岛晨光，万顷碧涛。昔硝烟云涌，满清魂断，洋人蜂至，百姓煎熬。变法无门，复盟辛亥，祭血头颅对鬼刀。悲鸣急，叹荒原贫弱，仰愤呼号。

今朝东海滔滔，睡狮醒神州尽舜尧。踏浪花潜底，龙宫探密，九天揽月，南海擒妖。壮我神威，领航北斗，勇闯深蓝胆气豪。迎霞日，望旌旗招展，逐浪天高。

杜苏民

杜苏民，女，1957年6月生，苏州人。中华诗词学会、江苏省诗词协会会员。

游沧浪亭

闲云野鹤古城风，漫步寻幽问叟翁。
遥指一湾青镜水，相逢四季雨烟穹。
石桥松径留踪迹，御墨丹书记士雄。
独坐亭间飞鸟过，吟成诗句月升东。

家

溪水桥边筑小家，朝阳升起夕阳斜。
春飞柳絮一汪雪，秋傍桑阴满地瓜。
早露涂颜羞芍药，炊烟伴月透帘纱。
柴门倚醉远方笛，细雨绵绵煮绿茶。

新荷叶·枫桥铁铃关

楚铁雄关，遐思遥想当年。褐石弯桥，惊虹幽锁澜烟。
关桥倚望，轻声叙、万语千言。时光辞渡，燕归鸿过愁眠。
一首唐诗，花移月隐魂牵。四面刀枪，谁知忠骨容颜。
春潮秋雨，说不尽、今古渊源。江枫皓月，又吟佳句新篇。

陈铭诚

陈铭诚，男，1957 年 8 月生，苏州人。退休工程师。作品曾获河南"枫雅汇"诗词大赛二等奖、吴江同里杯对联大赛二等奖。

昙　花

多情解语释襟怀，夏日奇葩踏韵来。
风雨杳无声势寂，云中仙子展颜开。

咏虞山

溯源乌目屹虞山，亘古卧横天地间。
浩淼碧波吟故韵，沧桑紫阁眺雄关。
牧斋秋雨沉原色，柳叶春风焕靓颜。
承脉仲言来者众，古今贤哲可窥斑。

鹧鸪天·京华春早

瑞雪消融润九州，早春二月暖风稠。胸怀万里青山屹，目尽千秋碧水流。

金灿灿，翠幽幽，莺歌燕舞鸟鸣啾。白云苍宇图频展，富国强民梦可谋。

刘金林

刘金林，男，1957年8月生，苏州人。苏州旅游与财经高等职业技术学校艺术系退休教师。江苏省美术家协会会员、江苏省书法家协会会员。

兰　竹

无多笔墨不多花，自誉青山是故家。
好与君贤常作伴，时将留白当烟霞。

咏　竹

为观竹影兴栽篁，粉壁云墙亦画框。
枝秀临风萧悦笔，叶青洗雨乐天章。
渭川千亩丘峰隐，庭角一丛园圃芳。
三尺修身节俱在，虚心犹自向冰霜。

初冬游支硎山

薄雾至西畴，高朋探古游。
支硎低又坦，名迹圣僧留。
放鹤断崖阔，观鹅碧水柔。
径丘幽竹静，奇石枕溪流。
烟气带云出，松声和鸟讴。
禅机天籁意，日暮磬钟悠。

李万金

李万金，男，1957年9月生，吉林人，现居苏州吴中区。公务员退休。中华诗词学会、海南省诗词学会会员。

秋游天平山

久停欣赏白云泉，向上遥瞻紫雾连。
日照枫林红似火，池腾岚影黛如烟。
凡尘蜃景流霞动，玄色浮踪落叶燃。
佛曲香风飘刹阁，诗花灿烂绕斜川。

烟雨吴江

祥云美意舞江南，细雨柔情落玉潭。
喜泳银鱼观水绿，高飞白鹭赏天蓝。
流溪傍路环楼阁，滚浪浮舟过石涵。
愁让吟翁无韵觅，小诗附凑内心惭。

江南情

退后扬帆破雾来，精求诗境韵花开。
游篷顺势闲河曲，咏趣吟歌悦楚台。
灿灿云霞同友诵，清清茶酒请朋陪。
江南烟雨滋春蕾，塞北冰霜冻朽腮。

李和明

李和明，男，1957年11月生，苏州吴县人。1982年毕业于苏州大学中文系，先后任教于江苏省木渎高级中学和江苏省外国语学校。苏州市诗词协会和沧浪诗社理事。

石湖漫步

水影天光南石湖，清风微拂逗诗奴。
望中最爱因芦苇，正是家乡泽国图。

太行山郭亮洞

绝壁巍巍南太行，大山深处有村庄。
天梯昔作羊肠道，地洞今开鹤膝廊。
夕照丹崖成旧画，心随紫气入洪荒。
问君底事忽惆怅？万木萧疏未染霜。

斜塘河红杉林

河边一抹红杉色，温暖闲居白发人。
苍翠曾经怜夕照，浮名早已等轻尘。
朔风阵阵失归雁，往事悠悠留旧春。
漫步斜塘无限意，蓝天碧水目生新。

黄 宏

黄宏，一名白宏，男，1957年12月生，江苏常熟人。苏州普路淘奇照明有限公司董事长，常熟理工学院理事会理事。常熟江南诗词曲社社长。

包山寺遐想

天地如父母，包山若胎子。
一朝分娩出，光明洞庭水。
桥横如脐带，养得金刚大。
拯救此人类，导引迷途外。
或对烛成诵，或皈依受戒。
青灯复黄卷，来渡众生舛。
勿令积小恶，务使为大善。
红尘多妄念，虑及长泪泫。
一叶一世界，万幻难自选。
独留殿嵯峨，影入太湖波。
怅望万顷间，修罗与维摩。

今日得闲且读书

今朝暂憩翻青简，笔底锋铓踔静虚。
李杜诗篇凭远逸，威廉戏剧展闳舒。
东方书法空洋字，西土弦歌动画裙。
万卷黄金高屋在，玉颜灯下笑何如。

剑门日出

独步剑门巅，傲然常熟田。
挥袍弹紫气，驭笔点晨烟。

黄稼英

黄稼英，男，1958年1月生，太仓人。

柯岩云骨

孤尖兀立刺青天，岂肯低头媚俗前。
隽峭硬铮风骨在，延留浊世不求仙。

残　菊

雨霰敲窗冰槊挺，东篱一夕敛韶容。
金丝委地含珠露，玉蕊斜披吐雾凇。
别绪蒙尘青益碧，离愁惊雁黛犹浓。
无端拂却檐前雪，后岁重逢等夜蛩。

满江红·重游沙家浜

　　一带寒琼，飞蓬舞、天澄湖澈。临凫渚、浴波舟捷，
蟹横虾突。断雁凄迷离棹远，荻花萧瑟青涟叠。独凭揽、
倾目望三吴，思乎越。

　　江南好，倭寇窃。疆土丧，汪奸孽。卖邦求荣耻，
九州诛伐。芦荡青纱藏火种，虞山顶上青松郁。民众醒、
奋臂斩豺狼，红旗猎。

王建平

王建平，男，1958 年 5 月生于苏州。1988 年于南京艺术学院美术系学习。中国民主促进会会员，中国书法家协会会员，沧浪书社社员。

无 题

雨脚飞丝冷夕阳，空斋偃卧白丁香。
敢将诗句风檐掷，务去陈言自吐芒。

书 怀

惊蛇入草伴诗魂，老去情怀脱兔奔。
着眼云烟三指绕，一身影迹砚池存。

消 暑

门前雀噪客来稀，幸得风情慰暮思。
青眼高歌千古韵，白头难舍八行诗。
曼翁飘逸云龙态，季子清奇海鹤姿。
赖有故人开世泽，忽闻蝉唱咏吾词。

金英德

金英德，男，1958年6月生，常熟人。作品七律《抗疫群英赞》在常熟市抗疫作品征文中获三等奖，七绝《山水清气》在常熟市"碧水琴川"廉政诗词大赛中获优秀奖。

喜迎中国农民丰收节

金波微漾稻粳香，顷顷田畴穑事忙。
借得白云捎惬意，但将喜气聚千仓。

回儿时旧居感怀

华年一别白头回，庭院萧然步绿苔。
逝去流光如再现，梦怀往事似重开。
堂中嬉笑犹还响，灯下书声仿又来。
恍若双亲今尚在，蒸藜炊黍影徘徊。

浣溪沙·草原之夜

暮色苍茫月照明，晚风吹我露中行，时闻天籁几声听。
莽莽草原思故里，翩翩雁阵寄离情，天河寥落几稀星。

姚建忠

姚建忠,男,1958年10月生,苏州吴江人。中学高级教师,吴江区学术带头人。曾任吴江区八都小学党支部书记、吴江区人民政府责任督学。中华诗词学会会员,苏州市诗词协会和沧浪诗社理事,吴江区诗词协会副会长兼秘书长。

青池村歌

北漾通溇港,南田接顿塘。

晨曦妆翠鸟,星斗压船舱。

春煮螺蛳肉,秋尝螃蟹皇。

一生耕薄地,四季钓风光。

相约青池

顿塘春水诚邀客,转过浔溪见我家。

翠竹桥头君可记,青池茶饮照心花。

浣溪沙·耕读青池

养鸽耕田兼读书,林边小睡又何如,桃花梦里结茅庐。

春钓南桥天目水,夏闻北漾俏芙蕖,谁来伴我摘时蔬?

俞建良

俞建良，男，1958 年 12 月生，昆山人。九三学社社员。国家一级美术师，中国书法家协会会员，九三学社苏州文化专委会主任。苏州市诗词协会和沧浪诗社常务理事、昆山市诗词协会首任会长。著有《从善楼诗文书法集》等专著十二种。

暮春感怀

面作无愁袖底愁，春三月涌大江流。
短篷酒甑渔家乐，又忆剡溪行叶舟。

云淡心静

樵檐雨霁月徘徊，梦里何人总叩苔？
锦竹青蒲无俗客，尘香一味入怀来。

暮秋新影

秋冷还应瘦客知，人间方信亦相思。
樽前再遇休推醉，老树新妆影有姿。

浣溪沙·依韵葛为平会长贺昆山诗盟缔成

同饮娄江水一壶。金兰契厚恰如初。续赓雅集隔屏呼。
老树重春倾耳听，清渠可意望眸舒。亭园拜谒告鸿儒。

赵彩玉

赵彩玉，女，1959年7月生，张家港人。张家港市诗词学会暨今虞诗社理事。

"菊韵飘香　诗坛流彩"一得

初冬锦彩流，采菊过云楼。
墨色绘同梦，诗情叙别愁。
行吟新句得，把酒绮思留。
夕照催时老，依依兴不休。

贺画纯扇女史"拙政问雅——沧浪三客诗词书画展"

团团扇面百花开，不借东风香自来。
粉蝶依前多眷恋，青蛾就近几徘徊。
毫端烂漫春三色，句里分明柳七才。
目及心摇难了兴，直教踏月复思回。

声声慢·听雨

阴云密布，远嶂遥连，混沌天幕低垂。断线珠玉空坠，碎影琉璃。一任飘然湖面，泊田田、写意清池。最忆得、看风荷摇破，花伞如飞。

漏长滋生愁长，睹时景、多少去事依稀。想那曾经过往，似雨游离。暮羽窗前饮恨，问霏霏、何处安归。便于此、与吾同相惜，旦暮相随。

钱 钟

钱钟，男，1959年12月生，安徽枞阳人，现居苏州吴中区。中华诗词学会会员，安徽省诗词协会理事，安徽太白楼诗词学会理事。

初冬雨

莫非不忍濯残秋，纵使凄寒亦抚柔。
未以纹痕惊碧水，聊为细露拯枯畴。
矜期浇得春时景，风物何来雾里忧。
倒是蒙蒙连数日，酿成瑞雪好相酬。

如今过年

岁欢只把意相传，早已桃符换字联。
炮竹迎新且成旧，山珍丰桌不为鲜。
无须春晚熬除夕，微信犹当好拜年。
北旅南游举家乐，车行万里话团圆。

沁园春·杏花村

日出齐山，听浪江风，墟落景明。有悠悠古宅，粉墙错落，潺潺碧水，苔径穿行。桥阁相连，水天互映，朝暮枝头听鸟鸣。邀春日，赏杏花千树，踏韵留声。

牧童一指扬名，引世代文人奋笔耕。阅青莲馆里，翻篇续句，牧之楼上，望月怀情。酒肆吟风，园林寄古，秋浦清溪歌赋萦。历千载，独此村修志，四库情倾。

吴建刚

吴建刚，男，1960年4月生，江苏常熟人。中华诗词学会会员，江苏省诗词协会理事，苏州市诗词协会和沧浪诗社副会（社）长，常熟市诗词协会名誉会长。江苏省文联书画研究中心研究员。

夜读黄公望《富春山居图》卷

溪山林木秀，远水独心倾。
平野苍茫色，孤舟隐逸情。
神游飘万里，灯影过三更。
画卷空灵气，烟霞不朽名。

夜写梅

一帘疏影幽香满，寒夜书斋月弄纱。
历览千年风雅客，冰清玉洁写梅花。

题海棠花

山里海棠诗意足，千花摇曳醉东风。
年年鸟语春归处，一样芳菲一样红。

点绛唇·尚湖月夜

十里清晖，长堤柳拂千重浪。月华高旷，湖畔清风爽。

悦耳秋声，总把轻歌唱。休惆怅，放舟湖上，几许闲愁忘。

临江仙·无题

潋滟湖光山色里，尚湖荡碧轻舟。风中花絮逐波流，繁英飘落去，功利复何求？

过眼云烟追往事，炎凉欲说还休。断鸿声里遣忧愁。今生归去处，诗酒驻瀛洲。

季国强

季国强，男，1961年4月生于江苏省苏州市。大专学历，经济师职称。

相 聚

顽皮旧雨本无邪，花甲相邀看晚霞。
喜聚山前多往事，真言酒后早回家。

屯溪河街

三江汇集崛天街，弄巷商楼宋市怀。
几度兴衰家国梦，今逢盛世又和谐。

赞费俊龙

航天少将出巴城，六号飞船十五征。
本领依然情自在，初心不变永年轻。

皋玉清

皋玉清，女，1961 年 5 月生，苏州人。中华诗词学会、江苏省诗词协会会员、苏州市诗词协会和沧浪诗社理事。曾任《姑苏吟》编辑。

惭分春色到非花三首

一

惭分春色到非花，心事无端系柳斜。
逝去流年虽寂寞，晚来神笔正萌芽。
风云际会谁为主，社稷经纶高过他。
月满西楼空怅望，佳期依旧在天涯。

二

湖石探幽未有涯，惭分春色到非花。
松风竹韵聆真谛，净土禅音悟妙华。
粉蝶飞来消暑气，玉颜老去锁烟霞。
吴王井畔西施影，已被迷情岁月遮。

三

天池胜境意清遐，烟雨灵岩游侣夸。
云雾会心遮柳浪，风情过眼化虫沙。
绕梁吟唱何曾了，怀古因缘总是嗟。
满目疮痍谁在意，惭分春色到非花。

金光伟

金光伟，男，1961年10月生，苏州人。中共党员。先后毕业于苏州大学英语专业本科、中央党校法律专业本科，专业技术职称助理翻译。中华诗词学会会员。

健步走

青松翠柏斜晖映，行态铿锵未惧难。
万步春和景明日，一如矫健燕飞欢。

悠悠二胡

古韵随风漾，春深侧耳听。
琴心知夙愿，乐句懂箴铭。
百曲通灵魄，千音蕴圣星。
神驰甘苦远，静泰伴温馨。

画堂春·耦园春忆

晨曦初露踏春游，古园佳偶寻幽。绿苔铺径赋诗留，情满亭楼。

典雅东西翡翠，紫藤绿柳逞悠。世遗瑰宝冠苏州，众捧宾酬。

王凤媛

　　王凤媛，女，1962 年 2 月生，苏州吴县浒墅关人。大专文化，中共党员。中华诗词学会会员。

姑苏行

青帝游踪过柳津，携风一撒绿绦新。
时人偏爱春行早，争睹米芽无俗尘。

游姑苏环城河南岸

树掩风亭连石门，晴空瑞霭远前村。
舟成画影频来往，漪涣诗情迷晓昏。
遥忆伍公天象术，且看吴韵水桥魂。
时光去去千年历，于此黎民今古论。

点绛唇·冬游独墅湖生态湿地公园

平野层林，霜风漫把烟霞绘。荷塘浅水，槁苇藏禽类。

小径通幽，步栈凭栏醉。品冬味。怡情可慰。一抹余晖对。

江　野

江野，原名赵坤全，男，1962年10月生，江苏苏州人。苏州正社文化研究院工作，职业画家。

读倪云林画有感

孤舟江岸泊，疏树小坡滩。
寂静思倪瓒，忧心古迹看。

画山水扇面有感

米点浑然云雾接，坡滩开合山峦叠。
先贤画迹吾瞻望，一箧墨痕风自挟。

同门师兄韩修龙游湖州莲花庄赵孟頫故居有感

同宗孟頫在湖州，陪友寻幽汗不休。
大宋元明承一脉，仕人唱和又诗俦。
荷池松雪风流地，庄里莲花醉解愁。
南北契交追古迹，文心游梦似仙舟。

张乃荣

张乃荣，男，1962 年 11 月生，苏州人。

秋 来

伫望流云巧，猜摹也着迷。
欣然亭下坐，不计日头西。
吸点新空气，攀些老话题。
起身凉意渐，路僻草萋萋。

读吴作人画兼咏骆驼

威名沙漠舟，力敌马和牛。
逐草西天去，辞关北塞投。
帐边餐雨雪，野外度春秋。
背负何其大，生生不肯休。

辛丑春节白描

莫道春光浅，阖家趣味多。
提篮淘菜市，起灶掌油锅。
异域茶糕果，乡关鸡鸭鹅。
一杯先满上，许我敬山河。

朱梅香

朱梅香，女，1962年11月生，江西人，现居昆山。曾任瑞昌市人民医院主管护师。中华诗词学会会员，江西散曲研究会理事，江西女子散曲社理事，《散曲园地》编委。著有《寒梅诗稿》《寒梅诗词》《寒梅散曲》《寒梅散曲（二）》。

浣溪沙·赏荷

万叶千花挤眼前，十娇百媚意缠绵。争观美景马当先。

无限风光难赏尽，有缘好梦易周全。人生进退步怡然。

鹊桥仙·七夕

年临花甲，日逢七夕，又把青春寻觅。人生最美是花期，几多事、心中珍惜。

花前月下，亭间湖畔，相恋如胶似漆。一天不见若三秋，暮朝守、甜甜蜜蜜。

念奴娇·花甲感怀

笑逢花甲，想人生过半，熟车轻驾。应趁天宽偕地阔，任意随心描画。不再无聊，寡欢闲甚就把春风骂。心花易艳，怨愁劳累休假。

花下写曲填词，逗孙玩耍，微信家常话。暇隙游山戏水去，南北东西横跨。瘟疫坑人，宅家笔伐，忧虑心头挂。夕阳虽弱，一般高照华夏。

张建林

张建林，男，1963年1月生于吴江。中华诗词学会会员，苏州市诗词协会和沧浪诗社理事，吴江区诗词协会理事，汾湖诗社副社长。

元荡新咏四首

走过黄昏一小时，几回停步几回痴。
清新最是湖边水，邀请斜阳写短诗。

有人寻梦到湖边，张口惊呼景色鲜。
莫道桃源无处去，此时好像已成仙。

湖边眺望最舒心，我把云霞作漫吟。
只在清波流淌处，时光发出好声音。

一卷风光令你惊，春姑携手梦中行。
花香写入新诗句，字里行间有鸟鸣。

徐忠明

徐忠明，男，1963年3月生，吴江人。中华诗词学会会员。

咏范文正公

孤贫力学志轩昂，天下胸怀一少郎。
守义守忠多壮志，亦文亦武尽材量。
士无毁誉勇精进，法系山河图改良。
忧乐铭言最高仰，千年热血荐炎黄。

南社百年咏怀

春雷激荡震幽冥，故土何堪死样宁。
追复投林结文社，操南逆北犯孤星。
诗吟风雨怀家国，笔泻波涛泣鬼灵。
潮起浪翻新逐旧，百年夙素满园馨。

渔歌子·山行遇雨

最喜山中草木香，路边花果诱人尝。溪水淌，鸟声长，
兴来何避雨纷扬。

沈劼

沈劼，男，1963年4月生，苏州人。研究员，高级工艺美术师，苏州市苏扇研究会常务理事，苏州苏扇博物馆副馆长。中华诗词学会会员，江苏省美术家协会会员，江苏省工艺美术大师。著有《开合清风——沈劼》《吴门名家成扇——沈劼》。

雁荡山写生题画诗

一径通幽处，云溪可为家。
竹梅皆是伴，山月寄生涯。

游贵州小七孔

秋景谁同赏，携行幽谷寻。
寒山凝野霁，空翠湿衣襟。
悬濑能清骨，停云足洗心。
岩花空谢落，乘兴自高吟。

醉花阴·游沧浪亭

回廊曲荡春丝袅，花落轻尘扫。鬓影照葑溪，空碧涟漪，亭榭游人少。

兴来长记芳园貌，晏坐观翔鸟。林下醉行吟，句满奚囊，幽境清风扰。

吴霞芬

吴霞芬,女,1963年8月生,江苏苏州人。中华诗词学会、江苏省诗词协会会员,苏州市诗词协会和沧浪诗社理事,《姑苏吟》编辑。

长相思·咏兰

春兰青,秋兰青。未遇灵均香未醒,无穷寂寞情。
赞不惊,贬不惊。不出深山谁问名,比邻松与莺。

浪淘沙·环古城河健身步道

闻说运河边,小径蜿蜒。城门串起绿阴间。临水新开春夏景,拨动心弦。

相约是晴天,三二平肩。健身步道数桥欢。着令碧波来领路,何用游船。

蝶恋花·虎丘曲会

海涌山前闻曲韵。石上千人,月树金风引。玉笛争先鸦雀隐,停云几片谁相问。

今夕倾城传好讯。早发新枝,邀入兰香阵。纵使更深堪别恨,一年一度期无尽。

惜秋华·种菊

又近重阳，约西风、检点花台深处。纵剩几芽，痴心已然交付。春扦夏定谁知？数来莳苗辛劳路。何苦。怕旁人、不是知音不语。

陶令酒无侣。倚东篱深醉，怅怅停云绪。正秋洁、看草色，素香无误。高情岂肯输君，插满头、门前休去。如故。惹疏狂、与君同舞。

蒋志坚

蒋志坚，男，1963年10月生，江苏昆山人。昆山市书画院画师，江苏省书法家协会会员、昆山市书协副主席。

游苏州湾

极目湖天似镜开，游人日暮任徘徊。
一条银练横空起，吴越风光入画来。

太仓双凤勤力村赏荷

菡萏飘香翠叶柔，无风水面也清悠。
咏荷雅集来勤力，绰约风姿一镜收。

胆瓶插菊

窗前插菊挽秋光，一束红黄暗吐香。
佳客偶来添助兴，亦怀下笔费平章。

陈彦华

陈彦华，女，1963年11月生，江苏苏州人。中华诗词学会、江苏省诗词协会会员。曾任《江苏诗词学社》和《江苏女子诗词》两微刊副主编。作品获中华女子诗词大会优秀奖，2021年获"三亚杯"全国文学金奖，2022年获"最美中国"一等奖。

题 己

岁月章回世代留，雍容逸秀巧中求。
霜侵枫叶山川醉，风扣门环天地幽。
白石吟诗悠得乐，朱栏度曲喜消愁。
心田半亩时时种，野鹤闲云伴我游。

卜算子慢·酒神

金波玉液，清圣浊贤，墨客贩夫同醉。画舫轻摇，桂影一杯眠睡。雪霏霏、暖阁金樽会。月下饮、浇愁助兴，催生烈焰诗味。

苦乐年华累。看老树经霜，嫩芽凝醴。万盏千盅，大道自然合汇。共干杯、寰宇千秋遂。盛世酿、山明壤润，更醇香含翠。

柳梢青·晚秋

丹桂枝寒，黄金叶细，野水荷残。霜重风知，露零秋觉，点点吴山。

红楼堆雾临湾，远尘世、穿松理园。发白枫红，鹭朋鸥友，心上桃源。

曲玉管·世遗名园——沧浪亭

月到波心，风生竹径，千年水绕姑苏巷。叠石成山清旷，光影花窗，四时藏。翠干澄川，虚帘幽岸，宋人傲骨凭栏望。仰止贤祠，藕榭明道禅香，醉青苍。

境界瑶华，最难禁、楼台轩馆，几番栋折垣倾，兴衰起落无常。历沧桑。望灵岩含翠，皓月清风无价，濯尘觞咏，子美明心，荡楫沧浪。

范兴荣

范兴荣，男，1963 年 11 月生，苏州昆山人，高级工程师。苏州市诗词协会和沧浪诗社理事。作品获 2022 年第四届"生态环保　美丽江苏"诗词大赛三等奖。

谒刘过墓

故土凭栏浑是愁，呈书凤阁荡胡酋。
蹇驴破帽一壶醑，金甲牙旗万里侯。
风雪夜间迷木棹，莼鲈江上拍吴钩。
英魂千载今安在，绿树昆冈绕古丘。

咏　竹

持节凌云傲岁寒，清姿不独雪中看。
春光骀荡筼初露，月影婆娑夜未阑。
雨滴湘妃枝上泪，风扶苏子牖前竿。
卧听萧竹忧民苦，一叶关情百姓安。

朝中措·游凤凰古城

银河夜落闪霓虹，溪坝水淙淙。店市虹桥人语，翩翩舞若惊鸿。

边城旧事，枕河画轴，故垒苍穹。吊脚楼中闲坐，苗家土酒三盅。

鹧鸪天

雨恨云愁暖复寒，小区阳性又波澜。家遭封控烦莺语，心念湖山羡纸鸢。

维秩序，把楼关。年虽花甲不偷闲。集成众志驱魔疫，春色重妆四月天。

闵凡军

闵凡军，男，1963年12月生，江苏丰县人。1985年毕业于扬州师范学院中文系，任教于江苏省苏州中学。中华诗词学会会员，江苏省毛泽东诗词研究会理事，苏州市诗词协会和沧浪诗社副会（社）长。曾获第八届"华夏诗词奖"一等奖，中国"高港·大江颂"全国诗词大赛三等奖，全国"百城杯"诗词大赛优秀奖等多项全国大奖。著有诗文集《南园听雨》《南园听风》《诗与远方》等。

隆中诸葛亮隐居处

数椽茅屋傍溪流，竹翠林深曲径幽。
静里乾坤山色好，蜀中风雨野花愁。
空城一瑟驱司马，赤壁双龙败许州。
三顾未酬星坠落，几回衔泪看吴钩。

满庭芳·山峡人家

万壑群山，层峦叠秀，世居山峡人家。竹篱茅舍，清露泡花茶。翠竹亭台掩映，吊楼外、泉水鸣蛙。青泥路，山歌背篓，吹奏小芦笳。

桃源何处觅？青峰绿水，夹岸桃花。绿蓑衣，江中细雨浮槎。三五裙钗粉黛，小溪畔、浣涤麻纱。斜阳里，稻花香酒，一碗醉红霞。

醉蓬莱·扬州梦忆

恰烟花三月，绿染维扬，画船轻渡。烟柳扶堤，藏竹西佳处。廿四桥头，鸾笙凤管，唤玉人曾住。明月依然，芳魂一缕，不知归路。

十里春风，琼花飞雪，红药飘香，卷帘嘉树。绿绮琴歌，醉朱门豪户。白石词工，杜郎俊赏，也挥毫难赋。尽饮千盅，飞舟逐浪，惊醒鸥鹭。

金缕曲·怀陆游

常诵诗翁句。赴疆场、秋风铁马，楼船飞渡。看遍吴钩无人会，塞上长城空许。剑门外、毛驴细雨。只为中原收故国，卧孤村、犹梦刀枪舞。臣子恨，向谁诉？

沈园巧遇心仪女。柳依依、黄藤美酒，情丝万缕。红泪潸然钗头凤，直教爱情千古。执手望、无从言语。纵使位卑忧国事，示儿诗、赤子丹心吐。人去也，魂翔宇。

秋霁·登燕子矶

燕子矶头，恰雨霁晴雯，炫丽秋色。千里红枫，万山黄叶，飒然起舞南国。汀洲草白。肃秋故垒飞芦荻。忆往昔。蒙难、铁蹄声碎石矶壁。

西夷首难，又苦东夷，燕矶锥心，难成陈迹。玉楼上、秦淮商女，桃花扇底舞声寂。东亚病夫忘不得。后辈当记，华夏贵有华魂，国难当头，最轻云客。

冯玉虹

冯玉虹，女，1964年4月生，江苏苏州人。中华诗词学会、江苏省诗词协会会员。作品入选江苏省诗词协会、书法家协会联合举办的"喜迎二十大　拥抱新时代"诗词书法艺术展、苏州市诗词协会举办的"菊韵飘香　诗坛溢彩"展览。

寒山夜景

烟笼寒山雾笼关，涛声依旧橹声闲。
千年古迹今犹在，长伴青空月一弯。

夏雨即景

惊雷霹雳震山湖，裹雨携风万马驱。
杨柳叶飞浑欲醉，芙蓉花颤不胜扶。
两三鸥鹭戏流水，长短琵琶伴落珠。
觅得清凉心渐静，问君能饮一杯无？

蓦山溪·梅雨网师园

缃荷翠柳，撩动清池皱。谁送绿葱茏？正黄梅、丝丝雨后。黛檐珠落，切切打芭蕉，余韵久。琼草秀，曲径苍苔厚。

轻持花伞，迤逦园中走。莫问几凭栏，网师景、今时抖擞。看松听竹，处处入诗来，风四面，香满袖，引静桥依旧。

高阳台·夜游拙政园

雾笼瑶池，烟迷翠岛，玉阶步步登仙。星棹迢来，捎携明月垂天。流光幻影成奇境，恰初弦、辉映云边。更呀然，雨打芭蕉，晴隔窗轩。

移山剪水冲牛斗，借银河秋浪，华岳春峦。惊梦香洲，宛如魂绕亭前。九霄深处谁人住，唤嫦娥、相伴游园。叹婵娟，一别今宵，天上人间。

柳承宗

柳承宗，男，1964年8月生，江苏苏州人。民进会员，职业画家。先后求学于苏州工艺美术学院、中国美术学院。

题画诗三首

一

雾游泉隐青青草，纱笼烟岚袅袅山。
遥看水穷云起处，尖埃不染自心闲。

二

随意挥毫云影间，虚心泼墨水声潺。
欲求诗画得真谛，道在胸中气自闲。

三

泼墨寻仙境，图成即是家。
层台连绿树，云壑幔轻纱。
醉卧听泉涧，闲时话彩霞。
清风生笔下，明月映心花。

杨颖颂

杨颖颂，女，1964年12月生，江苏苏州人。中华诗词学会、江苏省诗词协会会员。诗词作品入选江苏省诗词协会、江苏省书法家协会联合举办的"喜迎二十大　拥抱新时代"诗词书法艺术展、苏州市诗词协会举办的"菊韵飘香　诗坛溢彩"展览。

吟　菊

金风折柳着秋妆，浅浅流光淡淡霜。

已负春花繁似锦，且吟香冷一枝黄。

运河新貌

嫣然时序在枝头，飞絮飞花信步游。

宝带鸥凫同旦夕，平江烟雨复春秋。

不因渔火惊鸿渡，堪羡人家待月楼。

古道今如诗画卷，千年谁与竞风流。

行香子·观日落随想

自在沙鸥，散漫归舟。霞光里、波碧云柔。华妆悄褪，紫气频留。渐水如金，星如雨，月如钩。

桑田依样，朝夕无休。且吟那、水调歌头。诗风切切，词韵悠悠。任满天霜，满天雪，满天愁。

蓦山溪·梦想小院

青藤小院，柳岸溪桥畔。梅蕊透篱墙，雾朦胧、风铃一串。玉堂春树，枝上竞芳菲，蜂蝶恋。情缱绻，檐下双飞燕。

炊烟升起，向晚霞光灿。春色有无中，碧螺茶、悠悠香漫。夏来春去，画扇扑流萤，花影里，星月伴，不觉流年浅。

陈燕青

陈燕青，女，1965年3月生，太仓人。作品曾获太仓市"郑和卡杯"夕阳红艺术节优秀奖。

战　马

披星踏雪飞蹄跃，厮杀疆场斗志昂。
震耳嘶鸣惊敌颤，归来云鬃映霞光。

梨园情

少年学戏入梨园，一世情牵念唱门。
袅娜娉婷流水韵，铿锵有力气神轩。
乡村巡演呼声响，老骥丹心市井尊。
梦想成真豪迈在，余生传颂国之魂。

都江堰

汹涌岷江狂暴险，李冰受命踏艰途。
竹筐装石堆鱼嘴，烧火溶岩筑宝壶。
四六排沙流内外，暗明调水润成都。
降龙古堰千秋颂，富泽西川锦绣图。

包翠玲

包翠玲，女，1965年4月生，江苏丰县人。中学高级教师，任教于苏州市立达中学校。中华诗词学会、江苏省诗词协会会员，苏州市诗词协会和沧浪诗社理事、副秘书长。著有诗文集《南园听雨》《南园听风》，散文集《诗与远方》。

画堂春·读书

多情书卷溢清香，源头活水汤汤。案前研读细思量，物我相忘。

思接千年律韵，视通万里华光。苏辛李杜惹痴狂，绿满芸窗。

桂枝香·秋夕待月

桂芳香细，正宝镜新磨，柔情如水。三五清辉似雪，惹人无寐。凉风遥夜清秋半，问谁家、秋思千里。举杯邀月，乘鸾来去，琼楼烟翠。

想广寒、嫦娥应悔。忆秦汉明月，催人憔悴。泪洒杯中，情满盏中吟醉。梦诗亭外金波涌，望天涯、旧鸿来未？东西南北，阴晴圆缺，此情何已。

满庭芳·千里春江

千里春江，一轮明月，清波滟滟微凉。青枫浦上，寂寂写愁肠。淡淡相思何寄，从别后、两处离伤。倩青鸟，殷勤探看，梦里那横塘。

可怜春已半，花飞芳甸，红泪成行。逐月华，随君碣石潇湘。昨夜星沉大海，今朝恨、何日归航。西楼月，楼头缱绻，暮霭满江乡。

沁园春·金陵畅怀

六代王朝，十里花灯，古韵浸身。有乌衣巷口，堂前紫燕，歌台水榭，琴上清芬。旧梦难寻，新愁易织，回首兴亡多少春。留连处，叹秦淮八艳，淹没红尘。

神舟邀月为邻，看万里人间分外珍。算六朝风物，唐花呈艳，八荒曲赋，宋蕊添醇。情醉溪亭，心迷巷陌，极目云天德善臻。桨声里，正清风明月，朗朗乾坤。

陆淑萍

陆淑萍，女，1965年6月生，苏州太仓人。中华诗词学会会员，苏州市诗词协会和沧浪诗社理事、太仓市诗词协会副会长。

浣溪沙·水

曾共高山结伴游，汇成沧海度飞舟，先春草木发清幽。
天与无形真雅格，道和随处见温柔，生来从不屑沉浮。

鹧鸪天·咏荷

一袭青衣绝代容，唐歌宋韵认前踪。凌波照影苎萝见，回雪凝香洛水逢。

持玉骨，秉玲珑，今年更比去年红。池亭小立人初醉，时有清凉不是风。

扬州慢·水绘园怀古

孤本谁描，碧虚成槛，物华几度春秋。看汀葭剪剪，拥细浪横舟。怕惊起、缠绵往事，垂杨梳岸，牵惹人愁。忆当年、浮华删去，山水相缪。

临流俯仰，隐香林、尘外瀛洲。且博古诗书，贤能知礼，怡淡行修。昨日落花依旧，芬芳嗅、如你温柔。正潺潺、泓窈清洋，是你明眸。

醉蓬莱·深秋游锦溪

乃高秋气象，风细云纤，锦溪悠渡。玉浪金波，引清都仙路。绿竹猗移，廊桥烟柳，绕芸窗轩户。余韵依依，深闺少女，裁裙翘楚。

于越勾吴,唐宗明祖,千百年来,上林瑶树。陈冢沧沧，念佳人谁护。七二窑瓷，张省书画，数江南标举。几度徜徉，蓦然回首，夕阳如炬。

贺笃辉

贺笃辉，男，1965年10月生，江西九江人。苏州市诗词协会和沧浪诗社理事。

皖南古村落

绝境出偏屯，山重楚汉分。
桃花锁幽谷，潭水向流云。

游苏州园区

一园风景半园湖，夜幕描摹旷世图。
不是伲侬传软语，应当阆苑落东吴。

香洲折扇

纤纤玉骨列前胸，一袭馨香墨韵浓。
只怕芳菲虐霜雪，常怀花草度寒冬。

安 达

安达，男，1965年12月生，安徽无为人。中共党员。苏州市诗词协会和沧浪诗社副会（社）长、南社文化研究院执行院长。

礼赞交通警察

柔情铁骨守常纲，来去穿梭放眼量。
捍卫民生肩苦累，洒挥汗水显功彰。
千条路上梳流韵，十字岗前防鼠狼。
试问途中过往客，冒寒顶暑有谁强？

枫桥边

满霜时节运河边，行客纷纷寺染烟。
不解寒山俚句俗，只知张继绝诗鲜。
岸旁灯影星光闪，院内吟音佛语绵。
月落乌啼何夜在，涛声依旧结钟缘。

鹧鸪天·秋登寒山巡赵宧光摩崖石刻

拾级寒山石径中，遥看云岭醉双瞳。摩崖御道轻霜冷，松树枝头倦鸟逢。

泉水竭，佛音隆，风萧空谷一秋同。攀爬古陌巡镌刻，索胜探幽羡赵翁。

林　岸

林岸，男，1966年6月生，福建福州人。中华诗词学会会员。

姑苏迎虎年

客旅惊新岁，姑苏此夜长。
亲朋千里远，事业百端忙。
国泰江山丽，心春草木香。
成功须奋斗，来日作龙翔。

中岁感怀

百年如梦且加餐，随意红尘暖与寒。
笑指晴天悬日月，冷看平地起波澜。
无求每觉人情厚，有爱长知世路宽。
老酒一壶谁共醉，江湖踏遍寸心丹。

世界文学之都——南京

奎光万丈耀东方，世界文都盛誉扬。
天吐六朝烟水气，地浮千载墨痕香。
书中随处开佳境，笔下历年留巨章。
钟毓南京流韵远，传薪风雅铸辉煌。

敖东瑛

敖东瑛，女，1966 年 9 月生，四川泸州人，现居苏州。中华诗词学会、江苏省诗词协会会员。作品入选苏州市诗词协会举办的《菊韵飘香　诗坛溢彩》展览，2022 年获全国"诗润芳华"三等奖。

围　棋

疏风月半晚霜寒，竹影摇窗观落盘。
黑白玄机枰上伏，死生妙算腹中安。
若无劫子藏珠玉，怎有神兵破阵残。
一笑收官成定局，输赢随意自心欢。

秋游太湖

烟波缥缈碧空长，独立舟头沐夕阳。
浩浩芦花飞雪浪，悠悠湖水镀金光。
千枝硕果千枝梦，一阵秋风一阵香。
谁记浮沉过往事，孤帆远去隐何方。

雨

十万狂风收不尽，谁敲素瓦欲清扬。
携春共润三春色，借夏常生一夏凉。
秋结霜魂飞彩叶，冬凝雪魄入梅香。
丝丝化作有情物，洒向人间是玉浆。

天香·霜溪枕梦

　　红叶云开，青山夕照，远处低沉钟鼓。空柳含烟，霜溪枕梦，极目初冬寒露。不眠之夜，总听得、数声金杵。惊醒三更浅梦，三春报晖迟暮。

　　常思盛名内负，念娘亲、日光空付。身在天南地北，遍行洲浦，鸿雁三言两语。往生愿、还情有归处。你等风来，风随我去。

郭鸿森

郭鸿森，男，1966年11月生，盐城人，定居昆山。中华诗词学会会员、中国楹联学会会员，海南省楹联学会顾问。著有《郭鸿森诗词选》《郭鸿森诗联书法新作选》等。

颂长江

管他风雨或雷霆，万古江流总不停。
赢得骚人多雅咏，诗潮明月拥繁星。

赏俞建良兄画竹

连朝霪雨任雾霏，成竹于胸信笔挥。
画外功夫人共赏，飞扬翰墨若鸿归。

赠美国中国书法家协会副主席李春华先生

投缘幸识荆，望重久心倾。
庭院闻鸡唱，云霄作鹤鸣。
诗中藏画境，画里溢诗情。
笔阵纵横扫，书坛大纛擎。

于国建

于国建，男，1967年1月生，现居江苏昆山。作品入选《当代传世诗歌三百首》、2019—2020年《中国跨年诗选》，著有诗集《生命的光》。

祭慈母

远山腾雾霭，荒野荡云开。

灰影飞无尽，庭堂落厚埃。

少时欢乐去，终岁纸窗台。

慈母音犹在，新坟墨菊哀。

武陵春·锦溪访友次韵周秦教授

半亩方塘修雅兴，耕读日求新。桥畔听风敲宅门，月下印无痕。

香妃沉睡留恋处，碧影觅舟巡。催泪寒梅蕊探春，谁惜爱花人。

浪淘沙·诗雨

诗雨落苍穹，玉骨花容，三思缘聚忆河东。了却生平多少愿，还待诗翁。

枝上掠飞鸿，把酒迎风，江流明月落怀中。云影醉言君莫笑，烟雾葱葱。

谢春华

谢春华，女，1967年2月生，苏州吴江人。

早 梅

艳红疏影无啼鸟，俏雪凝香有落霞。
细看冷枝蜂独舞，暗浮消息与春华。

植树节吟

女娲辟地启天轮，三九寒冬九九春。
草木有情知日暖，风云无意促苗新。
问谁栽下十年树？入世阴凉一处民。
绿水潺潺流不尽，退思上善好归真。

乡居吟

卅载河东卅载西，雨淋村道溅无泥。
开春坐等芳菲尽，入夏凝听禽鸟啼。
且说东塍多枕水，或云乡下少闻鸡。
壬寅大疫止于野，护宅红旗伴彩霓。

张翠侠

张翠侠，女，1967年3月生，常熟人。

自　嘲

虚度光阴大半生，也曾熬夜到三更。

名师绝学都教遍，未见诗词一句成。

忆江南·怀念大姐

多少泪？湿帕又沾衣。望断万山皆不见，痕留半夜只
空悲。冷雨和鹃啼。

瑞龙吟·悼查韵法先生（步韵周邦彦）

西州路。猿啸鹤唳风箫，楚天云树。凄凄柳挂肠丝，
鹃调恨曲，哀声是处。

枉凝伫。禅院石阶香径，水窗云户。难寻试舌飞珠，
弹唇走玉，生花妙语。

瞻仰仙师遗作，画间字里，龙蛇飞舞。嗟怨上苍虚华，
摧折何故。焉知振笔，全锦囊佳句。犹难忘，传承一脉，
瀛洲高步。转瞬西方去，忆中尽是愁怀泣绪。料得添霜缕。
归去晚，松声飕飔如雨，江寒涧白，满城轻絮。

陈方红

陈方红，男，1967年12月生，苏州人。中华诗词学会会员。作品曾在2008年、2012年、2016年连续三次在西泠印社主办的诗书画印展中获诗文类单项奖。

丙申初春邓尉探梅作

梅萼万株崖下生，长怜仙骨尽妆成。
苦寒已孕幽香在，乍暖还看瘦玉横。
冷雨犹沾花独早，东风未到气先清。
不须更作蓬瀛梦，邓尉山光自有名。

题青藤书屋

百岁青藤手自栽，败墙淋雨湿莓苔。
一池玉液分天汉，数叶寒蕉覆井台。
落拓明珠遭世弃，孤高真性惹人猜。
才名盖世终何益，遗迹空余为久哀。

太湖晚望

晚霞一抹映波平，芦荻萧萧野鹤鸣。
数点青螺浮水碧，几株残柳向风轻。
雪中蓑笠堪垂钓，湖上烟云可隐名。
也爱莼鲈乡味好，长安大道不须行。

周向东

周向东，男，1967 年 12 月生，常熟人。中华诗词学会会员，苏州市诗词协会和沧浪诗社理事，常熟市诗词协会副会长。著有诗词集《吾山吾水》。

壬寅立冬前一日徐桥村雅集即兴

环村稻浪接天黄，近水蔬畦夹道长。
橘绿依然垂硕果，枫红犹可赋瑶章。
江翻白雪通沧海，地涌青螺驻艳阳。
莫道秋浓花事毕，几丛新菊散遥香。

壬寅立冬偕友人登兴福后山

群岚如梦叶如金，泄漏朝光到竹林。
径曲随山时上下，亭高与日共登临。
过桥大士谁能识？筑塔名僧不可寻。
俯瞰千秋城廓异，何期钟磬有遗音。

冶塘橼缘居雅集有咏兼酬涵瑜女史

一路蔬香杂稻香，来看花果荫兰堂。
平居自在涵瑜地，今日分明染翰场。
白玉杯勤邀满月，紫云天远挽斜阳。
悠悠百载知谁与？独坐书台诵丽章。

沁园春·文裳词兄《秋水记》读后

霜劫中原，露泣南疆，梦断锦程。正尚湖波涌，浮槎有恨，虞山峰老，堕日无声。作友黄鹂，为君杜宇，剩得空枝看半生。沉吟久，凭重峦犹赭，万类如醒。

江东白发先惊，料摩诘当年同此情。纵石头天鉴，芙蓉自省，一池凝碧，功过难明。失路诚儒，埋郊朽骨，岁岁堪传红豆名。烽烟散，甚缘堤寒柳，又拂华城。

沈建华

辛丑惊蛰后二日眺望蒙蒙细雨中的春申湖感怀

> 波上觅船踪，湖前少戏童。
> 岸边烟柳绿，林外杏花红。
> 浊水跃金鲤，遥山隐赤枫。
> 雨来清旧梦，一夜枕春风。

陪发小顾林兴、孙齐荣游光福长浮山渔港感怀

> 梦里童年半日还，千桅林立满湖山。
> 风尘远望身为客，浩淼烟波船可闲？

长相思·苏州评弹公园

申水流，埭水流。名冠江南古码头，山河望眼收。
曲悠悠，调悠悠。百岁书场韵满楼，乡情心上留。

冷桂军

    冷桂军，男，1968年4月生，河北隆化人。中共党员，苏州市职业大学教育与人文学院副教授，苏州昆剧传习所常务副所长，苏州兰芽昆曲艺术剧团团长。苏州市诗词协会和沧浪诗社理事兼词曲分会副会长。

拙政园赏荷二首

一

青服半轮铺翠锦，一塘池水绿如桑。
尖苞欲揽却难近，人面新荷斗粉妆。

二

弥望临风嘉绿怜，却敲池镜碎珠圆。
笛师欣喜忙催唱，一曲亭亭莲芰鲜。

儿时老屋

老屋驳斑榆柏影，苦寒三辈盼知丁。
芝兰题壁椿萱望，夙愿终圆酒幔青。

山塘昆曲馆

山塘古道逾千载，戏韵昆腔六百秋。
七里临河小桥水，幽兰一朵满香楼。

钱进才

钱进才，男，1968年6月生，苏州人。太仓市中医医院总会计师。中华诗词学会会员，苏州市诗词协会和沧浪诗社理事，太仓市诗词协会副会长。

夜宿树山

山已天青色，身犹客里心。梨花看未白，松径但知深。
石上枫杉火，庭前橘柚金。炊烟含井味，啼鸟带乡音。
别墅沿溪筑，故人何处寻。几曾经梦寐，只是费沉吟。
惆怅空怀古，徘徊独散襟。更须家酿酒，或可约同斟。

行香子·春惑

杨柳风轻，禽鸟声柔。望盐塘还向东流。波摇烟树，
鹭立汀洲。怅三生梦，一生累，半生浮。

春心欲醉，吟身渐老。得安居时复何求。劳而有乐，
勤本无忧。只时难追，情难却，世难留。

长生乐·小草

已立新春不见春。此物倔无伦。恼人天气，雨雪总
纷纷。耐得贫寒滋味，知与谁分。墙头屋脊，岂惜青黄
骨嶙峋。

香山有赋，玉女无闻。何妨烂漫天真。惟小草，纵
野火焚身。待东风报花信，又绿遍乾坤。

扬州慢·沧江楼往事

　　常论诗书，偶闻丝竹，携谁此处凭楼。对明池榭敞，步曲径廊幽。自记得、雕窗绿附，匾名金勒，芳草温柔。集群贤、回首曾经，谈笑风流。

　　仙乡九老，总堪欣、吟社长留。却惆怅江湖，惟吾是客，交谊难酬。况复经年成别，文人事、雅致相投。但闲抛新稿，争如两字无求。

黄劲松

黄劲松，男，1968 年 8 月生，江苏昆山人。中国作家协会会员，曾任苏州市诗词协会和沧浪诗社理事。作品曾获第二届上海市民诗歌节创作一等奖、华亭诗歌奖等，公开出版诗歌专著十一部。

春日有思

年年芳草带深痕，佳讯频闻酒再温。
近事远人如此刻，平山一望寄神魂。

与人歌

短调长歌信口吹，今朝称意漫施为。
美人一曲无相和，唱汝江南未是痴。

七夕怀人

良夜思人未有期，清风吹散旧年诗。
众星何故频相烁，应道轻云入韵迟。

钱惠芳

钱惠芳，女，1968年11月生，江苏常熟人。中华诗词学会会员。

炎夏雷阵雨

云送雷声风送凉，淋漓雨幕水成墙。

满城小巷滂沱泻，一夜青藤次第昂。

幸有书房排寂寞，不堪花径陷仓皇。

今宵望月无炎暑，正好园中理众芳。

方塔公园

草木萋萋旧院幽，最怜粉黛泛芳洲。

树衔斜日摇孤岫，云抱清风过画楼。

未可高声惊塔宇，肯将远意付渔舟。

当年贤圣今何在？千古琴川不尽流。

喜迎二十大——再访王淦昌纪念馆

依依杨柳灿然花，科技元勋出此家。

曲屈廊檐瞻伟像，端方园圃育山茶。

秉承万代强兵志，再铸千秋上国槎。

廿大金风生玉露，新枝嫩叶又萌芽。

殷秀红

殷秀红，女，1968年12月生，吴江黎里人。江苏省诗词协会会员。

初游嘉兴月河老街

多情曲水月河边，别样春风有洞天。
桥下摇来绿如梦，渔歌声里撞心弦。

夏家桥战斗旧址

夏家桥畔沐春风，曾忆烟云战火红。
灭匪鏖尘留旧迹，黎川碧水颂英雄。

辛丑元宵放歌

上元梅柳绿红年，韭嫩鱼肥欲品鲜。
接踵吟歌猜射趣，携人把酒效诗颠。
张星结彩汤圆糯，得气遥天凤烛联。
月色千灯争照处，好催桃李共春烟。

黄石波

黄石波，男，1969年1月生，苏州人。作品抗疫诗词专辑发表于《丁芒文学艺术研究》。

游子吟

故土忍归离，萱堂可再期？
半生寥作客，唯恐不亲时。

夏至观雨荷

潮湖水绿伞罗群，花点其间香溢淳。
一任风狂胡乱雨，空灵禅定在红尘。

蝶恋花·寄心莲荷

水际云蒲仙气袅，霁雨人家，菡萏轻纱罩。绿捧珠圆沉露小，凌波亭立风含笑。

欲寄清流莲鲤钓，潋滟时光，凭任凫来扰。舒卷浮萍其有道，香魂岂为浮尘恼。

张嘉伟

张嘉伟，男，1969年5月生，江苏昆山人。著有诗集《回望故园》。

春日走笔

一梦江湖忆旧游，故人对饮笑西楼。
诗成剀切少年事，歌罢唏嘘孟子钩。
岁月随风空叹惋，云山伴我复何求？
异乡老病相如死，散发明朝弄竹舟。

春日登玉峰忆玉山雅集

草堂旧事已年深，蛱蝶翩跹入绿荫。
花发东西迷锦水，鹤飞远近识云林。
清音客唱何曾老？雅韵风飘犹未沉。
莫叹亭台空似梦，千秋壮丽尚能吟。

秋日登岳阳楼望远

远望烟霞里，长空众鸟飞。洞庭舒玉带，九水濯云衣。
风动轻舟疾，日晞灵岱巍。天凉雏菊瘦，露重桂鱼肥。
巫峡虽难见，潇湘尚可归。遥思城下别，忍顾柳边依。
起落迁官叹，兴衰太史唏。千戈藏武库，万骑散南畿。
新国山河秀，巴陵岁月顾。吟诗耽向晚，荡涤我心扉。

史梅青

史梅青，女，1969 年 8 月生，江苏苏州人。中华诗词学会会员。

木渎香溪柳影

霓虹小径覆清幽，曾是青春旧日游。
且看多情垂岸柳，惝惝寄语解温柔。

咏春梅

击赏东风第一枝，香萦骚客踏春泥。
只愁难尽清闲兴，游屐日中兼日西。

游小王山万鸟园

良朋三五赏秋光，山径蜿蜒野草香。
杏叶随风明灿地，溪云映水翠微冈。
嘤嘤鸟语撩诗兴，簌簌屏开炫羽裳。
远近丹枫添锦绣，此时此景若天堂。

释心培

　　释心培，男，1969年8月生，江苏海安人。苏州市佛教协会副会长，苏州市吴中区佛教协会会长，吴中区显庆佛学研究所名誉所长，吴中区西山包山寺方丈。中华诗词学会会员，苏州市诗词协会和沧浪诗社副会（社）长。2000年创建包山诗社，主编《玉毫》社刊八期。著有诗集《指归集》。

题寒山寺

江枫迎晓日，秋色下遗踪。
塔影迷骚客，招提非北宗。
香焚金殿璨，雨积藓苔浓。
欲向寒山路，须听夜半钟。

赏　菊

又到重阳节，篱边菊正香。
一杯消永日，满地尽微霜。
诗客怜花好，布衣随晚凉。
余今情寄处，不觉在他乡。

题包山寺

幽幽岭现梵王宫，一塔孤零接苍穹。
秋早露花莹且洁，溪凉涧色翠而隆。
销声不见还巢鸟，飞叶还须落草丛。
真境从来非聒噪，随其钟磬万般空。

点绛唇·春愁

新绿初来，黄莺林下聊长短。浓愁难断，独坐空悲叹。

踏遍名山，风雨常相伴。繁星灿，俗情消散，彻悟真如岸。

唐多令·包山寺

春意到檐楹，烟溪格外清。古树深、日色初晴。鸟语花香清净地，风如使、远相迎。

云坞岂榛荆，六时钟磬鸣。在其中、顿觉心明。若得寻常闻妙谛，烦恼灭、幻身轻。

赵 琦

赵琦，男，1969年8月生，安徽枞阳人，现居张家港。作品《清明节祭母》获首届全国"中孝杯"诗词大赛三等奖。

香山红叶

鹿径秋花谢，空林红叶飞。
白云浮槛外，塔影沐余晖。
品茗客同醉，泛舟人未归。
依诗寻胜迹，何处觅山薇。

兴福寺

青山绕城廓，绿竹护禅林。
石路闻香近，莓苔著色深。
空潭照云影，净水涤尘心。
不二法门外，聆听天籁音。

听 涛

水接云天月半明，江东夜泊听潮声。
石堤激浪擂秦鼓，洲岸崩台响越筝。
烈烈罡风千骑荡，汹汹狂澜万龙鸣。
长弓安得降今世，蛟鳄无踪四海平。

王幸民

王幸民，男，1969年11月生，苏州人。中华诗词学会会员，中国楹联学会会员，江苏省书法家协会会员。

正月初三

新岁来壶肉桂茶，案头细嗅集圆花。
敲敲平仄听听曲，一树梅香众口夸。

游学大安书院

前年仲秋别，今日又重逢。
朝见炊烟起，暮听微雨蒙。
萧林点红柿，彤管逐篱东。
班列张迁赏，悠游岱岳中。

正月初四立春

雪后春风唤醒迟，横斜梅影落参差。
迎春入景宜推盏，幽茗涵香再赋诗。
一点黄花飘馥郁，千丝杨柳待葳蕤。
东君复出程非远，紫燕归来兴盛时。

朱文喜

朱文喜，男，1969 年 11 月生，江苏连云港人，祖籍苏州。曾任网易古典文学上海社区版副兼副社长。

壬寅中秋

纸上交情值倾盖，樽边怀想属遗簪。
料知浅醉宜清韵，桂影拂衣凉气涵。
山与微云连翠黛，未妨冰薄拓幽蓝。
缘街风歇虫先静，隔海灯浮夜半酣。

临江仙·暑日大雨

一线明光雷渐隐，遥看山夕清舒。荷塘澄爽好风余。
掠枝方戏柳，垂滴又惊鱼。
岸上莎香新渲染，软鞋交涉泥途。折吹芦响和蝉无。
当时童趣在，伞下少年初。

渔家傲

高枕梦烦眠已倦，闭门难作寻常惯。拟趁律回舒望
眼。才想见，空檐好待衔泥燕。
物候江南偏煦暖，郊原草欲抽芽短。一笛梅花声渐
远。帘初卷，微风恰过宜人面。

谢剑雄

谢剑雄，男，1970年1月生，江苏苏州人。全国优秀科研校长、苏州市学科带头人。苏州市诗词协会和沧浪诗社理事，苏州市书法家协会理事兼副秘书长。著有诗词集《半壶青吟》《新声》等。

三入泾县桃花潭

桃花潭水桃花路，不见桃花古岸开。
我惜桃花春韵淡，何烦县令白霜摧。
当时好客情如焰，别后怀思意也哀。
斗酒换来诗一首，长安夜醉竞千杯。

破阵子·中考

看我今朝砺剑，风寒科考连营。一笔惊虹飞墨掷，
九载寒窗苦读声。沙场谁欲赢。

案写雄辞稍快，犹思巢鹊初萌。最喜紫藤檐下诵，青
史填胸逸气横。何须畏子庚。

临江仙·庚子元夕别作

夜露深宵千霜重，遥知江汉朦胧。孤寒无泪热肠衷。
西风犹烈，疫梦怯惊鸿。

寂寞长街人事渺，清欢已作城封。空怀冷月锁春红。
新枝待俏，何日试东风。

朱 宏

朱宏，男，1970年1月生，江苏常熟人。中华诗词学会、江苏省诗词协会会员，苏州市诗词协会和沧浪诗社理事，常熟市诗词协会副会长，碧溪街道江花诗词协会（江花诗社）会长。

敦煌鸣沙山骑骆驼

双峰安坐势摇摇，瀚海沙鸣百虑消。
我向驼兄频点赞，千年何惧路迢迢。

送儿子入伍出发

秋气正宜人，军营召唤频。
戎装添飒爽，短发倍精神。
眷眷慈亲嘱，昂昂天地巡。
儿郎当百炼，报国献青春。

海宁观潮

金秋云伴日，且驻占鳌台。
隐隐风雷作，汹汹雪浪催。
蜿蜒成一线，浩淼跃千鲐。
天地相邀约，奔腾守信来。

谢庆琳

谢庆琳，女，1970年2月生，苏州人。农工民主党党员。中华诗词学会会员，苏州市诗词协会和沧浪诗社副社长，《姑苏吟》常务副主编。

题金鱼扇面

玲珑丽影晃清波，秀出灯笼舞小娥。
风动涟漪鲛帐启，龙王殿里美人多。

题小鸟荷叶图

盖帷掀起好奇心，鼓瑟嘉宾今又临。
小羽怜它丰未满，撑来一片绿凉阴。

清平乐·雪

生来恣肆，不懂人心意。趁着好春吹一气，沾点梅花香味。

晴岚袅去如烟，冰心零落风前。消去此时模样，他年依旧婵娟。

卜算子·莲

碧水有清寒，一片芳心苦。瘦损清姿不觉怜，擎盖听风雨。

恋恋有情天，恋恋和风舞。恋恋孩儿带笑颜，恋恋成今古。

浪淘沙·步周社韵

　　箫管杳如烟，暮色无边。古今心事与谁连。不见行春桥下月，独上层峦。

　　圆缺几经延，漫说随缘。无端误了那些年。还是江南梅子雨，棹梦云天。

徐云鹤

　　徐云鹤，男，1970年3月生，苏州人。中华诗词协会会员、苏州市诗词协会和沧浪诗社副秘书长。著有《红砚书屋诗词集》《松盒金石题跋集》。

自题墨海

半泓寒碧旧时波，白璧明珠作绮罗。
眷倚江南无限好，醉和春色暗消磨。

题煮茶赏梅画作

紫窗素月嚼梅香，笔底遥分玉雪光。
自笑连年诗兴懒，冷清清地亦闲忙。

题六朝御龙砖拓（二首其二）

藻仗矜旄节，重霄鸣玉珂。
三台光日盛，五岳瑞烟多。
羽客传仙乐，神妃拂绮罗。
尘心谁过问，宿世对婆娑。

题龚岚山水（二首其一）

收拾松风吹我襟，道心有异利名心。
氤氲洞壑随云掩，潋洌山泉向日阴。
野性何因时俗改，孤怀复见圣贤唅。
七弦弹罢无人到，绝世清音万籁沉。

顾建平

顾建平，男，1970 年 9 月生，江苏昆山人。在昆山市精卫中心工作。

听友人水调中秋词有寄

天涯咫尺掌中屏，十里春风谢不停。
水调数声人泪目，访君主页几回听。

寄　友

吟鞭浪迹十年征，弹指霜痕满鬓更。
不识诗标真境界，只缘才尽枉心声。
风花雪月直须酒，离合悲欢总是情。
但得如初一知己，相看无厌两兼程。

满江红·栖霞岭南麓追思岳飞

窃语东窗，莫须有、忠魂化碧。曾记否、满江红唱，壮怀望北。半壁河山危似卵，一心戎马坚如石。振鹏翼、誓欲捣黄龙，雷霆击。

栖霞岭，情脉脉。常青冢，长生魄。笑西湖侧畔，暖风如昔。南渡衣冠谁会意，不分杭汴焉忧国。问王师、北定倩何人，思无极。

段天洪

段天洪，男，1970 年 10 月生，吴江人。

念奴娇·东太湖生态园

三湖映照，晚风轻、蝉噪销人行迹。谁为天星开玉镜，十里藕红莲碧。白鹭双飞，渔歌逐浪，月下争朝夕。吴江豪气，垒成生态千策。

曾是秽草荒滩，而今胜地，有五丘连璧。双景一堤犹在此，出水八仙畴昔。更比当年，阅湖台上，看水云宽窄。无须君问，且听春上消息。

望海潮·苏小花

越头吴尾，风来长漾，谢家路上繁华。流水画墙，香荷晓露，众安桥外人家。借酒和蝉蛙。凭栏问粱稻，话里桑麻。捧冷咖啡，看太湖雪，乐清嘉。

暮收一日烟霞。有田园草屋，生态鱼虾。灯彩弄晴，笙歌度夏，清风明月星斜。美酒养生花。新词分俗雅，估作凉茶。最是人间好景，不吝大言夸。

水调歌头·柳亚子纪念馆

吴越繁华地，黎里泊花间。镜湖金珀，多情澄碧绕春山。十二虹桥今古，几步幽廊左右，柳馆似当年。此来拜贤圣，合指问真言。

264

求民主，创南社，为人先。天时不济，孤愤总向战旗看。忧国敢追屈子，求法岂输弃疾，何必拍栏杆。寒夜随风去，归处是黎川。

韩光浩

韩光浩，男，1971年2月生，苏州人。中华诗词学会、江苏省诗词协会会员，苏州市诗词协会和沧浪诗社副会（社）长。苏州日报报业集团文旅体中心总监。曾获评江苏省优秀期刊主编，苏州文化产业年度人物。著有《典范苏州·昆曲》《盛世流芳——苏昆六十年》（上、下）《百工遗韵》《何以最江南》，主编《指尖传奇》《姑苏好时光》等。

辛丑立夏前一日拙政园李宅雅集有记

江南雨润待花事，高会群贤最有情。
琴瑟连珠萦古调，笙箫开展互诠评。
冰音多取譬清露，佳气时来对玉英。
吟罢春风人不寐，远香堂下夏初萌。

浪淘沙·思江南

细露湿春光，越角吴乡。阊闾旧事漫端量。昨夜江南梅胜雨，饱了诗囊。

踏看古疆场，良渚天长。玉琮影里稻花香。万物含新催古意，礼复阴阳。

鹊踏枝·山塘中秋雅聚
暨苏州市诗词协会词曲分会成立感怀

一洗长空经纬手。遥对冰魂，恨乏兰芳守。帘外舟声灯下酒，诗心一管冲牛斗。

长觅桂香何处有。难辍笙歌，却掷心胸久。万里露华怀旧友，欲成新调君知否。

声声慢·子城迁独墅湖八达街有记

皇基前事，梦里姑胥，当年白鹭苍鸥。不老吴宫草花，见惯风流。惟愁卧龙墨牍，薄丹青、难寄金秋。张旭笔，引诗城佳气，可写新筹？

澄碧湖头明月，照层楼、檐外惊看浮瓯。十里飞歌，蓬莱宫外云稠。熔金慧园智府，运新章、重试吴钩。开画卷，趁光辉、舟泛上流。

张 苏

张苏，女，1971年2月生，苏州人。苏州市诗词协会和沧浪诗社理事，苏州吴门琴社理事。

宿莲花岛次韵周秦教授

细数蟾香几度秋，莲光霞浦一帆收。
清音天籁浑将醉，月满澄湖曲满楼。

菊花诗

露冷霜侵耐几番，神清玉瘦愈斓斑。
佳人素抱归来志，愿傍东篱梦远山。

咏 菊

篱落清秋几度霜，庭除晚菊吐芬芳。
兰心古淡幽还洁，竹韵高标秀亦庄。
隐去何曾恋春色，归来肯教待重阳。
陶公雅好多同调，共话琴书乐未央。

沈月华

沈月华，女，1971年6月生，苏州吴江人。中华诗词学会、江苏省诗词协会会员。《九品县椟》公众号创办人，新干线诗社社长。

庆春泽·辛丑谷雨观牡丹花会

谷雨牡丹天降。桃李自飘零，雅君齐赏。千朵舞春风，醉香生浪。最是芳菲，可怜露华样。

银塘夜雨初涨。宫蝶恋天香，激情飘漾。怜国色，翩跹人间酣畅。对暮云叹，仙姿怎相忘？

采莲令·小暑赏荷

绕村庄、塘内荷多许？香风爽、此时心抒。步移远密处寻芳，万朵消炎暑。千娇韵、盈盈玉立，中通外直，醉芳菲忍回顾。

阵雨飘来，弹跳雀跃罗裙舞。清凉处、燥烦皆吐。待红妆落，独自恨、默默莲心苦。任秋露、莲蓬染色，污泥培藕，隐隐作清歌赋。

遍地锦

柿橘彤彤恋人驻。满枝头、鸟衔高处。正清秋、硕果累累，胜景出、韶华好处。

苇花丛、白鹭翩跹，梦佳期、像谁分付。莫道他、秋也斑斓，不枉了、东君雨露。

卞继杨

卞继杨，男，1971年7月生，张家港人。江苏省诗词协会会员、苏州市诗词协会和沧浪诗社理事，张家港市作家协会理事。

太 湖

造化功成一镜开，连渠通海隔氛埃。
万堆琼玉云中落，数点青螺天外来。
吴越春秋传轶事，宋唐翰墨骋诗才。
今朝我亦作狂客，浊酒微躯登望台。

忆秦娥·无题

庐州月。梅花卷落春庭雪。春庭雪。墨染生宣，金蟾明灭。

多情唯有伤离别。有人楼上箫声咽。箫声咽。薄衾梦冷，关山清绝。

临江仙·观春华女史画展

暑天不待秋光老，名园曲径幽遐。短歌长笛尽生花，蕙兰犹自掩芳华。

纸上丹青人未识，故交常隔天涯。沧浪澹澹泛灵槎，满城风月醉烟霞。

戴根华

戴根华，男，1971年9月生，苏州吴江人。中华诗词学会会员。

植梅有记

手种寒梅又一盆，几抔乡土伴深根。
他年纵被拆迁去，凭此清芬梦水村。

封控区值守同仁

迎尽朝霞送暮霞，岂无思念岂无家？
一从披得征袍在，微信抖音都是奢。

西江月·午夜防疫值守归来小坐

望里几多灯火，空中绝少星辰。运河之畔与谁邻？难得风清月印。

疲惫随船终远，衣襟著露犹温。凭栏且对夜无垠，和酒同杯饮尽。

许卫国

许卫国，男，1971年10月生，江苏昆山人，苏州市诗词协会和沧浪诗社理事。

数上玉峰

数上兹山何所得，所思所咏岂徒哉。
几番好梦先儒业，连日孤愁后学材。
只说昆田生玉子，谁令琼树夺花魁。
苍龙将暮还行雨，更愿沉身平海催。

试乘地铁十一号线有怀

应说五年长不空，终成一事梦相通。
烟尘回首心无倦，天地侧身兴有穷。
莫负清渠归泽国，难为小市出神工。
试来何识东西去，只管疾驰乘好风。

解佩令·周庄香村

香来何处，轻车迷路。问人家、当年西渡。屡转桥头，怎望尽、岸低高墅，别无方、只须小步。

乡音如故，乡愁如故。可怜生、桑田烟雨。活在江南，有一篇、船娘歌赋，惜春时、更须小住。

贺新郎·念去年枫叶

念去年枫叶。爱枫香、还怜此树，暮秋层叠。看白云泉添波浪，又约天平山月。经万劫、惊奇不绝。红遍千林疑一觉，似梦游万石朝天笏。云涌处，见霞蔚。

地灵山显知人杰。正天时、风光独好，更怀华物。尘事吾生虽难料，留咏多追先哲。问福寿、还须拜佛。有住楼台应知足，只怕清冷九重宫阙。秋已尽，改霜发。

赵红梅

赵红梅,女,1971年12月生,昆山人。自媒体人,昆山市作协会员,曾任职中国城市经济杂志社。

采桑子·月下独酌

槐枝抱影蝉鸣乱,夏至来时。虚牖风推,萤火檐牙卧梦迟。

光阴一寸韶华短,银鬓添慈。弓影迎谁?唯见江波双月齐。

清平乐·季夏夜景

一湖荷翠,几处虫啁醉。晓岸胡桑吟蚕事,蛙唱田畴谷穗。

散发窗下乘凉,葡萄高挂篱墙。雀鸟尝鲜争抢,纷纷红紫流浆。

踏莎行·春日感怀

池上青苔,庭前碧草。幽阶深处蜂飞闹。莫言杏月不消魂,更添社燕时来好。

叶怯风狂,囊藏雨搅。梨花洒泪知多少?春光未许惹清愁,清愁欲把春光扰。

权良喜

权良喜，男，1972年1月生，吴江人。中华诗词学会会员。

忆故园

儿时光景梦中留，四十余年忆不休。
篱落疏疏围竹院，炊烟袅袅漫泥楼。
数行菜垄窗前绿，一道沙河陌上流。
最爱水湾青草密，夕阳底下暮归牛。

打工人家

老旧平房四五家，燕来燕往度年华。
打闲心里愁生雾，忙罢眉间笑出花。
夜夜倦身披冷月，朝朝皴手捧红霞。
信知勤奋能收获，只把辛酸作苦茶。

中秋寄怀

高桐黄叶舞翩翩，客里中秋又一年。
桂子初开香几许，芦花正落雪无边。
将书家信何从语，偶听乡音不得眠。
今夜酒浓人已醉，窗前明月共谁圆？

马美娟

马美娟，女，1972年2月生，昆山人。昆山市作协会员。

咏春兰

纤柔秀叶韵悠长，空谷幽山暗送香。
不羡群芳春意闹，伴吾书案共华章。

问 菊

谁遣冰肌傲世仙，倩余魂梦彩云边。
依稀玉骨清晨露，隔岸风姿薄暮烟。
半岭黄花摇冷月，数声故韵恸啼鹃。
浮生似我绛珠子，负手东篱不忍眠。

咏 荷

摇曳随心侵眼眸，回身一笑燕妃羞。
千枝红叶多姿绣，万片青盘晶耀球。
水面香萦临晚照，池中鱼戏漾兰舟。
长怀菡萏吟风骨，日日携琴上翠楼。

曹江萍

曹江萍，女，1972年生，苏州人。农工民主党党员，中国美术家协会江苏分会会员，苏州美术家协会会员。

丙申五一游武当山太子洞有感

洞窄只能容一身，豁然开朗妙真真。
山光悦性来飞鸟，道长离天一丈尘。

秋日鼋头渚写生有感

独坐湖边天尽头，闲铺素纸绘清秋。
苍苍云树临崖壁，隐隐寒烟枕碧流。
吹暖湖风行泽畔，引来飞鹭落沙洲。
太湖开捕逢佳日，点点渔帆写画舟。

唐多令·题画江南秋

暑气远天收，薄凉带露留。看湖山、处处含秋。红掌不知人冷暖，三五友、踏清流。

日日盼归舟，苇花如梦愁。纵青青、今也蟠头。浪里潮儿身不顾，逐云海、戏沙鸥。

张　涌

张涌，男，1972 年 7 月生，祖籍江苏海门，定居太仓。中华诗词学会会员、苏州市诗词协会和沧浪诗社理事、沧江吟社副社长兼秘书长。

庚子十月初十题外卖小哥

栉风沐雨促毛驴，栖宿萧然为饭余。
黄口乡间待温饱，白头村里饲鸡猪。
求田问舍浑如梦，以沫相濡一似鱼。
赪尾焉知闻与达，尘中容有小蜗居。

辛丑三月十六读南渡北归有怀

满纸翻来不忍看，百年成就太辛酸。
精神磨砺犹存续，思想由衷始达观。
几许宗师沉寂去，一朝残梦彻心寒。
前车有鉴应当记，莫使猕猴再沐冠。

壬寅槐夏初十和阮读画

藏真运水墨，溪谷化琴音。
山岛苍茫界，江天幻浮沉。
荆棘乱敧正，虚舟放荒淫。
幽幽杂然树，漠漠层叠林。
出世空灵气，入世逍遥心。

燕春台·辛丑正月依韵奉呈周秦教授

丑岁东来，子年西去，春君又到钱塘。放眼缤纷，夭桃相伴垂杨。雨滋风润含香。喜无边、酥色鹅黄。旧时今日，姑苏元夕，几许诗商。

年前曾约，春早应来，碧箫孤竹，焦尾空桑。清歌雅集，西湖一似沧浪。秉烛而游，酒酣时、物我相忘。更徜徉。圆一轮古月，独照苏杭。

朱保平

朱保平，男，1972年8月生，安徽枞阳人，现居常熟。江苏省诗词协会会员。

回 乡

适才灯火阑珊去，尽是参差草木深。
唯见蹒跚霜发老，柴门竹槛近归心。

夏 别

艳日青荷靓溪，乌棚桡语东西。
撒欢莲阵池鸟，慵懒槐荫岸鸡。
村舍炊烟缭绕，白鹅红掌波齐。
诗人久别家井，梦里乡蝉脆啼。

冬 思

涟漪隽永冬溪，风冷寒阳坠西。
母唤访邻稚子，翁吆觅食群鸡。
掌灯家宴堂聚，伏案弟兄典齐。
炉火深更屋暖，书声相伴晓啼。

张秋红

张秋红，女，1972年9月生，苏州吴江人。吴门琴社社员。

虞山游

细雨闲风汇野林，吴江众屐向云深。
斟茶渐泛连峰色，傍水长闻太古琴。
径与生涯同曲折，鱼随幻影共浮沉。
虞城有梦谁寻得，无限湖山入素襟。

立冬日值雨

点点漂萍老，霜寒又与增。
但看千树火，回见一窗灯。
人累愁风色，花残挂石棱。
望中寒雨密，世上走营营。

习《风雷引》有感

平川风起树萧萧，浪击云奔万类凋。
鼓棹渔人归去急，荷薪樵客瞩望遥。
雷声裂石常萦耳，雨势惊天忽转瓢。
传语山中抚琴者，成连海上已生潮。

方孝林

方孝林，男，1972年12月生，湖北竹溪人，现居张家港。

秋 风

才送新凉过短墙，又摇丹桂满园香。
南归云岭盘桓久，尽染层林换彩裳。

疫中过张家港凤凰湖

桃花漫舞柳依依，新燕寻泥掠地飞。
几杵禅钟流古刹，一弯镜浦映斜晖。
通山磴道多生草，近水茶轩尽闭扉。
正是江南春似锦，春风寂寂动欷歔。

江南春·思乡

秋渐老，叶初黄。纤云衔落日，寒渚泊归航。江天高
处鸣孤雁，如泣如歌人断肠。

陈海蓉

陈海蓉，女，1973年2月生，苏州吴江人。中华诗词学会会员，《诗刊·子曰》诗社成员。

菩萨蛮·东湖泛舟

烟澜看取春归早。软风扶柳长堤晓。亭半入云轻。浮舟翠梦成。

二胡弦转转。袅袅夕阳远。醉里别东湖。卖菱人正呼。

临江仙·望灵岩山

吴丘终是封行路，晴烟淡淡微笼。应知梅秀沐柔风。香侵野寺，依旧卧苍龙。

浣纱女子今安在，当时照水从容。留连山外望重重。明朝春盛，花木映蓝空。

临江仙·赏雀梅

梦归方来枝上仁，罗衫小解风流。软春唤取此回头。载云剪月，雀羽正娇羞。

吴筝漫调相对看，年光好是重游。也曾笔下几凝眸。明朝谢了，遍处燕莺酬。

孙莉芳

孙莉芳，女，1973年5月生，苏州吴江人。

赏 菊

薄暮西风至，秋声绘彩霞。
檐深承露重，腰瘦透篱斜。
侧耳浅吟唱，低眉暗叹嗟。
且凭红叶妒，不语自芳华。

贺梦天实验舱飞天

秋高气爽浮云翠，火箭腾空万里遥。
摇曳椰林承夙愿，绮丽海角破云霄。
今朝携梦天宫赴，来日凌云碧宇邀。
盛会领航成伟业，飞天筑梦荡心潮。

秋 兴

弹指流年何处觅，橙黄橘绿为君留。
鸶孤霞落鸣虫散，叶洒花零暮日羞。
折桂回眸香益远，掬晖含影醉还休。
风梳意绪自寻适，陌上红榴一树秋。

王胜男

王胜男，男，1973年5月生，苏州人。

南歌子·咏菊

薄雾黄花丽，轻霜翠叶妆。清新淡雅胜春光。傲骨柔情独自对沧桑。

不懂其高节，何言性本刚。花中隐士最疏狂。任尔迎风起舞吐芬芳。

浪淘沙·散步偶得

回首话初衷，懵懂青葱。花开花落亦从容。可惜当年春日梦，逝去无踪。

独立小桥东，遥望星空。而今已是一闲翁。诗酒琴棋多少事，知与谁同？

青玉案·渔村

江南绝胜横塘路。柳烟笼，芳菲浦。几缕浮云山上雾。数丛修竹，一坡梅树，曾是休闲处。

金樽清酒真情诉。携手花蹊等闲度。若去桃源分付与。洞庭烟棹，水村山坞，共赏斜阳暮。

孙会芳

孙会芳，女，1973年9月生，苏州吴江人。中华诗词学会会员。吴江平望实验小学副校长，小学中学高级教师，苏州市名教师，苏州市学术带头人。辅导学生参加江苏省教育厅指定的诗歌竞赛，多次获奖。

端午怀屈原

熏风五月又端阳，嗟咏犹为楚客伤。
千载离骚泣青史，一人独醒在沧浪。
龙舟夺锦连南海，虎艾悬门到北荒。
更向汨罗投角黍，茫茫今古九回肠。

虞美人·垂虹桥有感

断桥虹影垂千古，翻作浮萍舞。三高祠没草青青，一派夕阳流水夏虫鸣。

三人大笑扁舟去，湖海无寻处。而今灯火是新城，唯有东山明月照曾经。

少年游·天池山

半山碧涧一清池，柳线漾晴漪。飞琼坠镜，湘灵遗佩，并作玉琉璃。

水边天上飏钟磬，荡尽喜和悲。双树笼烟，四花普雨，袅袅柏风吹。

程建生

程建生，男，1974年2月生，四川广元剑阁人。现居昆山。

过亭林先生故居

旧居藏古镇，水映杏花天。
乳燕穿轩榭，芙蕖生绿钱。
人经离乱世，邑正太平年。
兴废谁堪问，春深到柳边。

春游千灯古镇

杨柳风前类卷蓬，木船谁系小桥东。
桃花照水楼台外，野陌连天草色中。
荏苒韶光又新雨，阑珊春意付青葱。
人家青瓦杏花院，一树纷纷坠乱红。

满庭芳

雨染芭蕉，柳巢新燕，此间衾枕无眠。静居旬日，春事已阑珊。茶罢翻书更懒，小楼外、浓绿遮天。凭栏处，清江浦上，犹过打鱼船。

年年愁损甚，青丝镜里，红粉樽前。忆旧时，月明空怨啼鹃。回首江湖逆旅，不堪听、奏凯歌弦。同鸳侣，扁舟海上，身老水云间。

刘清天

刘清天，男，1974年2月生，江西庐山人，寓居姑苏。苏州市诗词协会和沧浪诗社理事兼词曲分会副会长，诗刊《姑苏吟》责编，夜雪归灯诗社社长。著有词集《诗逢一抹天清色》。

清明登故山远眺

村近清溪水一方，匡庐山脉衍陵冈。
白云翠木交亲久，蚁酒乌巾相与长。
避世何须趋鹿马，知机莫若亩斜阳。
裔繁七百年居地，极目横塘是故乡。

有 忆

音容记忆渐模糊，烟火平常扁担粗。
农事一年山径日，菜花四月野塘凫。
生贫已识安窝乐，化土难传隔世呼。
寂寞星庐红枣树，谁倾村酒慰归途。

七言十二韵寄赠胡幼纲兄

南海倾腾别有陆，翩然白云森矗矗。
大鸟盘桓天自低，万仞苍崖凌绝谷。
昂藏一株谷中奇，端似高人隐幽独。
晴时摇曳扫苍苔，雨雾奇花空逐逐。
翠披云遮年复年，黄莺翻飞老猿宿。
天灵地气潜蕴深，日华月光吸飧足。

良材一旦拨云开，人间价重胜珠玉。
韧质冰纹节高坚，更与君子同芳馥。
我有良朋志超凡，百万人中想清穆。
尘缘一见任喧欢，不掩璠玙真面目。
济世经才辨方圆，心志相通亦相属。
我赠行囊半卷诗，君还南海黄梨木。

蝶恋花

眸子星光无所匿。烛照心灵，拯救孤和寂。如是精灵舒羽翼，赠余久别春消息。

信是天机无量力。切入时空，日子调甘蜜。长路延伸人玉立，夏天释放罗裙碧。

朱佳伦

朱佳伦，男，1974年6月生，江苏常熟人。中华诗词学会会员、中国楹联学会会员、江苏省书法家协会会员。

咏枇杷

西下巴川性向阳，天然曲直亦成章。
叶长如耳听风雨，果胜金银涤肺肠。

偕妻女临浒浦

塔影明前路，虹飞越巨流。
千年留劫石，一发是通州。
潮动斜阳暮，风吟别浦秋。
盼儿勤用志，健鹘瞰平畴。

赋得琴川环城路樱花长句

建炎遗构解因缘，劫火曾灰志未迁。
今岁复沾新雨露，环城但见旧风烟。
剪云披雾深含态，薄粉轻朱欲破禅。
值此南田应浩叹，笔花难逮物华妍。

陈 付

陈付，男，1974年8月生，新昆山人。从事电路板制造工作。

破阵子·闲日观自家小渔塘感怀

菡萏孤芳自赏，幽池独对长空。叶叶相依浮绿水，喜看鱼儿戏碧丛。香消卧剥篷。

半世飘摇至此，乡间种竹栽松。不想浑浑名利累，愿守温炉续酒盅。浮生一醉中。

采桑子·青烟一缕缘终了

红尘易老天难老，莫负光阴。细数光阴，生死何曾乱此心。

萱堂影落深深去，一别慈音。若忆慈音，梦里依稀笑语侵。

眼儿媚·芒种

新果青青未生香，阡陌看耕忙。秧嫌日短，莺怜曲软，燕过声长。

时逢梅雨潮侵枕，入夜教人慌。萤撩酷夏，簟纹沾汗，更念清凉。

顾 嵘

顾嵘，男，1974年9月生，江苏昆山人。

渔家傲·记锦溪锦瑟游

别后秋风今又到，莲桥月下载歌笑。际会幸逢人未老。须信道，缘来何必非年少。

碧水悠悠天渺渺，星河点点风吹草。醉里漫吟清平调。锦瑟好，泼茶消得人间恼。

渔歌子

一江碧水古今同，千帆南北影无踪。秦时月，汉时风，今夜随我到梦中。

卜算子

一雨成江南，水墨丹青好。道是天公不惜花，点点猩红小。

舟系垂杨边，绿水人家绕。雨打声声思欲眠，只恨春先老。

施玉琴

施玉琴，女，1974年9月生，盐城人，现居苏州。业医。中华诗词学会、江苏省诗词协会会员，苏州市诗词协会和沧浪诗社理事，枌榆诗社、南雅诗社社员，相城区作家协会会员。

中秋雅集

十里山塘路，华灯照九天。
年年相似夜，寂寂不曾眠。
空有栖云志，愁无卖卜钱。
长随三五友，把酒在林泉。

夜宿包山寺

天际山边树笼烟，亭台盈月在云巅。
幽居绿水餐霞客，独倚苍松饮酒泉。
醉里浮生人不老，诗中旧梦事经迁。
梅窗瘦影无风会，一夜清光似去年。

满庭芳·东渡寺樱花诗会

草色萦窗，晴光筛影，禅房半倚疏林。晨钟暮鼓，竹径掩幽沈。堪叹芳菲旧约，诗囊底、遍结兰襟。妙香起，菩提无语，云水涤尘心。

思怀耽故迹，前朝行客，历世牵吟。到而今，余情仍在花阴。记得当时泗浦，东渡口、老树苍岑。谁如我，黄昏独立，侧耳听挈音。

王亚军

　　王亚军，男，1975 年 6 月生，苏州人。建有个人头条主页"请到我的梦里相遇"。

冬 云

舒卷寒空夜更幽，依风伴月绕重楼。

临窗摘得芳菲絮，暖透思情一梦柔。

春 柳

依风沐影立晨昏，一路芳菲带月痕。

剪翠亭前何所寄，桃花流水过篱门。

秋 叶

不比鲜花不羡梅，西风猎猎苦相催。

旋翻红袖当空舞，又把青春秀一回。

王荣芝

王荣芝，女，1975 年 10 月生，新昆山人。从事企业管理。

咏大儒亭林先生（步韵李白《赠孟浩然》）

江南无二顾，炎武有声闻。
精卫长衔木，苍龙暮唤云。
文兴天下责，录启世间君。
马背烽烟荡，传扬千古芬。

春雨（步韵王维《辋川闲居赠裴秀才迪》）

江南三月里，零雨自潺潺。
尽润枝头叶，犹滋土下蝉。
苍山浮玉气，碧野笼轻烟。
且待新晴后，繁花闹眼前。

游青海湖（步韵王维《山居秋暝》）

南来游旅醉，西海一轮秋。
玉剑云中立，金霞水上流。
泠泠多白鹭，浩浩几兰舟。
自古萧凉地，天将风物留。

周锦飞

周锦飞，男，1975年12月生，江苏张家港人。苏州市诗词协会常务理事，张家港市诗词学会（今虞诗社）会长，张家港市非物质文化遗产"沙洲古文吟诵"代表性传承人。著有《临江集》《沙洲古文吟诵教程》。

沧浪亭

集联异代竟全功，有客观鱼乐与同。
明道天香贯风月，印心日色镂玲珑。
山楼渐入瑶华境，水榭坐忘兵火丛。
五百名贤照行止，近门便可悟穷通。

拙政园

梓泽新图着意翻，城中谁信访田园。
荷盘滚溜成疏越，石窍生烟上翠轩。
四百年间多易主，三分局面始归元。
满街冠盖匆匆过，几个来听拙者言。

狮子林

不须狮吼出迷津，空色相生自在身。
立雪卧云禅尚苦，问梅飞瀑趣崇真。
江山代有无明业，南北皆逢可渡人。
以德以公诚太上，此心到处赋长春。

留　园

迎晖竞爽揖纷纷，花石遗纲海内闻。

照水春寒半丛碧，推窗日逐一梯云。

静观大抵难相语，舒啸从来傲不群。

喜雨佳晴唯适意，稍留疏密作奇文。

柳 琰

柳琰，男，1976年3月生，苏州人。供职于苏州市公安局。中华诗词学会、江苏省诗词协会会员，苏州市诗词协会理事兼副秘书长。

望石湖

梵钟林鸟啭云霄，到此尘嚣化碧潮。
万紫千红看不尽，清风花雨卧春桥。

咏兴化千岛菜花

金垛白云争镜台，赊天一角画廊开。
凡间最妙丹青手，不及春风半点才。

春节值班有寄

街巷悄收车马喧，春风把盏正开筵。
江湖笔老墨初歇，天地花轻人未眠。
功比涓埃愧优俸，衣添褶皱度劳年。
万家灯火团圆夜，多少警心才补圆？

题德天瀑布

遥看国界挂银河，卷落凡尘付灏波。
练自石梁间起舞，风从碧宇底吟哦。
惊疑鼓作鸟禽少，仰羡斛倾珠玉多。
莫叹崎岖山路险，奔腾跌宕好为歌。

汝悦来

汝悦来，男，1976年12月生，江苏苏州吴江人。民盟盟员，文博副研究馆员，柳亚子纪念馆馆长。中华诗词学会会员，苏州市诗词协会和沧浪诗社常务理事，吴江区诗词协会会长。

上海博物馆观吴湖帆鉴藏展口占

血战思翁笔戏鸿，凝神透骨宋元中。
何须后五百年论，自信长扬海上风。

天柱山

暂避红尘小谪仙，烟岚变幻喜随缘。
峰高信步流云上，松寿遥看飞石边。
万丈襟怀真觉悟，千年块垒好参禅。
振衣欲辨风雷处，忽见青龙入海旋。

吴江房价大涨，不买，诗以志之

砚田风雨带经锄，引竹呼梅便可居。
缓买高楼新价涨，急投拙稿旧酬如。
藏舟笠泽羡归鹭，弹铗豪门耻食鱼。
青史案头翻检过，心宽天地一茅庐。

同川偶作

人到中年万事轻，小楼独坐谢浮名。
花茶如旧浓而淡，思辨常新纵与横。
风月动心空眷恋，烟云过眼不关情。
一帘寒雨生春色，润物无声亦有声。

倪惠芳

倪惠芳，女，1978年2月生，吴江黎里人。中华诗词学会、江苏省诗词协会会员，苏州市诗词协会和沧浪诗社理事，吴江区诗词协会副会长。曾获江苏省"十佳女诗人""中华诗词之乡先进个人""省诗教先进个人"等荣誉。主编诗教教材《诗苑学步》。

雨夜即事

阴云断续夜婆娑，一炷蚊香一鬓荷。
倚醒窗前读书梦，霏霏灯下雨声多。

寒露夜贤哥风寒早卧独坐所见

天上西风起，尘间寒露磨。
安栖鸡犬静，归卧小儿和。
陋室人来少，芭蕉雨打多。
黄昏灯下久，时扑冷飞蛾。

柳梢青·兰苑虞山泽景园小聚步淡淡韵

故地来时，翠微十里，四月花啼。列墅烟轻，斜阳柳细，往事云迷。

相逢一笑如期。小环佩、长歌袷衣。门外虞山，山头旧月，酒重眉低。

宋治洲

宋治洲，男，1978年10月生，晋阳人，客居苏州昆山。从事教师职业。

壬寅既望夜太湖之滨赏月

秋飔吹爽荡秋心，碧落中天月涌金。
近水分辉波滟滟，远山含黛影沉沉。
乘风我欲学苏子，醉月谁同太白吟。
此景此情思古意，勃然诗兴动衣襟。

闻美佩氏老婢窜台有作

东南又起涛声恶，佩氏行踪诡异奇。
导弹鹰瞵岚雾散，舰船虎视虺蛇移。
沐猴伎俩诚堪笑，司马野心谁不知。
统帅托言犹在耳，海疆万里必红旗。

闻南京玄奘寺供奉日本战犯牌位有感

佛门清静地，竟纳我仇雠。
玄武波涛怒，九华松柏羞。
敢忘先辈恨？自信盛时猷。
祭起驱魔剑，铿然斩鬼头。

戴永平

戴永平，男，1980年4月生，江苏常熟人。

题虞山小云栖寺

清晨入寺觉春芳，竹径幽深忽转廊。
欣步岩泉吐珠白，漫随石洞覆藤苍。
禅空老树房三舍，雁过斜碑字几行。
我劝红尘名利客，菩提缘可洗心肠。

春日居家

晴日空林人迹稀，渐生草色暖朝晖。
翻翻紫燕迎新主，跃跃黄鹂掩翠微。
难得闲心皆入眼，轻分茶水欲沾衣。
但当如此愁何在，弹指人生共忘机。

满江红·中秋

悄隐霄河，云深处、冰盘似雪。是何夕、澄光潋潋，穹隆尤阔。玉兔巡空唯捣药，素娥舞袖酬佳节。弄清影、潇洒在人间，尘缘结。

山有廓，潮汐烈。花如意，蛩声诀。念秋水含情，幽人怀物。忙趁今宵同醉酒，明年未定同相悦。盼团圆、世事总难全，多从别。

路海洋

路海洋，男，1980年4月生，江苏盐城人。文学博士，苏州科技大学敬文学院教授、院长。中华诗词学会会员、中国骈文学会常务理事，苏州市诗词协会和沧浪诗社副会（社）长。曾两度获评江苏省"诗教工作先进个人"。

寒山寺遇雨

黑云成阵锁天门，香界庄严渐欲昏。
一刹神丁传号令，惊雷裹雨动乾坤。

雨后至留园

雨霁云收天色明，园庭一片碧盈盈。
荷风轻起波光净，隐听游鱼呷水声。

端　阳

榴花似火麦初黄，蒲叶青青艾草香。
好是风匀天净后，轻衣浊酒过端阳。

中　秋

向来人意重团圆，每到中秋念更坚。
今夜万家同对月，深情一祝似从前。

国 庆

风雨兼程七十年，天翻地覆胜从前。
江南春至花如海，塞北秋来气浩然。
已见安居民乐业，的知枝茂国根坚。
而今砥砺轩昂志，再写雄篇续旧篇。

周黎霞

周黎霞，女，1980年6月生，太仓人。苏州市诗词协会和沧浪诗社理事，太仓市诗词协会副会长，太仓市非物质文化遗产（唐调吟诵）代表性传承人。曾获评"江苏省十佳女诗人"。

清平乐·探梅未成行

江南路杳，人共梅花老。一视一春愁草草，不死还须重到。

尘寰已惯因循，劳生健忘纷纭。唯记风寒石瘦，凌波几度清芬。

清平乐·元宵怀人

十年一觉，如改山河貌。唯剩悲欢萦寸抱，纵是春风不扫。

遽衰难忍深寒，今宵月向谁圆。应有青天回首，人间灯火阑珊。

木兰花

从铁莲道人、钱丈游虎丘，遇雨，至冷香阁饮茶，以诸调吟诗，复雨中归去。钱丈呼此行尽兴，唯憾余寡言耳。

来时山石生云雾，盏动茶烟封岭户。曾谁长惜古伤心，终作伤心人不语。

四围峦翠飞窗舞，古调泠泠珠玉吐。此形得证鹤飘然，归去一身松上雨。

鹧鸪天·秋望

　　老去身闲与世忘，罢裁矮纸倚昏黄。孤光一出千山暗，小立人间万木凉。

　　新涕泪，古苍茫，片时相对已恩长。秋风叶上清商起，桂子天香渐满廊。

李学士

李学士，男，1981年1月生，河南商丘人，客居苏州。

归

近乡惆怅杳难平，残雨将晴泪不晴。
老屋沉沉犹似昨，再无慈父唤儿名。

过故宅

苔衣斑驳染垣墙，蔓草离离接叠梁。
劫后故巢人远去，一弯残月照空房。

西江月·沧浪诗社成立四十年志庆

才看吴山环翠，又闻笠泽渔歌。卅年高咏气嵯峨，
心系千家灯火。

风雨兼程何惧，文章忧国尤多。倩谁大吕壮山河，
放我凌风一舸。

许雪华

许雪华，女，1981年3月生，苏州吴江人。

平望运河

晓泊烟湖载酒行，顿塘跃马柳闻莺。
溪桥云影乘风起，水色天光望眼倾。
历尽劫波沉戟在，不辞烽火卧龙鸣。
运河幸启新时代，盛世荣昌享太平。

归 山

经年白发渐相催，点检千愁拼酒杯。
枝上春花多落去，梁前新燕几飞回。
楼高何处能招鹤，终老青山可问梅。
回首繁华休记取，流云有幸夕阳裁。

一丛花·秋思

天边寒雁落平沙，舟橹乱飞霞。云深道是蓬莱所，极目望、隔断重纱。黄鹤难寻，青山空待，人或在天涯。

春秋过岁夕阳斜，谁与话桑麻。霓裳散尽清歌罢，更无心、再弄琵琶。记否记否，那时月下，贻我紫薇花。

姚 杰

姚杰，男，1982年1月生，吴江汾湖人。

辛丑腊月廿七夜遇雪闲咏

夜入江南满客襟，多年消息杳无音。
此来应解梅花寂，落与枝头交故心。

自 述

卅年寒暑布衣裳，已惯平生谋稻粱。
懒笔只因功底浅，荒书全为杖头忙。
一河市井沉豪气，半世风华付酒囊。
剩有闲情花独爱，江湖与我两相忘。

庚子惊蛰闲咏

春雷响彻贯长空，万物回苏蛰伏终。
细雨如酥匀草碧，柔晴恰暖照花红。
人间二月农耕事，天下一时桃李风。
但许年来光景好，得于节气寓言中。

杨世广

杨世广，男，1983年10月生，苏州太仓人。太仓市诗词协会理事。《文学与艺术》微刊签约诗人，《中华当代诗典》编委。

九月思乡

九月天凉叶落秋，风光无故惹闲愁。
残阳西坠云霞染，孤雁南飞水影留。
月起静思生翼展，夜来晓梦化鱼游。
清晨对镜人消瘦，乡念不知几刻休。

壬寅夏夜暑热无眠

夜半三更暑未收，虚惊晓梦热烦忧。
良辰丽色心不寐，美景佳期意难休。
翘盼窗前升冷月，疑闻庭外起寒飔。
浮生止水淡烟火，静待天凉好个秋。

鹧鸪天·娄城秋色

最美河山眼底收，长亭落日水东流。红枫野渡烟霞夕，黄叶西风草木秋。

人欲醉，月初羞，娄东江里一枝头。当时曾记南游客，几度登临送远眸。

单春华

　　单春华，女，1986年3月生，江苏张家港人。擅书画，工倚声，师从苏州大学周秦教授。苏州市诗词协会和沧浪诗社理事，张家港市诗词学会副会长。著有《淡月吟》。

无　题

小室秋来事可嗟，夜蛩四壁语如哗。
墨池冷淡风吹月，笔冢荒凉树点鸦。
幸有白衣人送酒，不须金粉泪看花。
潸然谢尔区区意，明日红泥为煮茶。

翻香令·重游水中仙渔庄

　　珍丛谁翦作秋簪，惜人片月淡怜蟾。寒香糁，清商潋，向水心、步玉绕微岚。

　　背春芳吟隔江南，一樽彭泽共诗谙。倚阑畔，横凉簟，问西楼、何事怯开帘。

满庭芳·偕老师三峰清凉禅寺品茗

　　皎羽巡檐，明烟拂砌，岭晖远趁金风。秋眉山翦，空翠入长钟。魏晋也应人世，便休说、款竹从容。爱圆牖，闲云未扫，共卧万株松。

　　崆峒，玄鹤远，行藏在我，天谅穷通。俯不尽苍茫，流水西东。云外一声弹指，焚香远、吹上三峰。知谁与，敲棋秉烛，花影梦惺忪。

庆宫春·送别黄宏先生赴美

绿苑容秋，清涛载客，访吟又过西泠。背雁斜寒，断香移景，垂云甚自烘晴。折花揉酒，想蝶外、人来古清。点尘唯是，横水孤城，后夜飞星。

谁怜菊竹逢迎。唾红围笛，辽缈离亭。明日枫江，晴帆津鼓，动人无限酸声。殊乡年晚，想旧约、今宵画成。孤楼酿雪，短梦难招，略护游情。

李向阳

李向阳，男，1991年12月生，昆山人。中共党员。昆山市蓬朗中心小学语文教师，中小学一级教师。

忆秦娥·西陵峡

怪石立。兵书宝剑何湍急？何湍急，惊涛浪涌，忽闻猿泣。

黄牛崆岭桨难执，鬼门凶险横流入。横流入，两山排闼，怒风侵袭。

拜星月慢·凤凰古城

秀色湖南，环山倚筑，吊脚楼群画舫。蜡染苗疆，识见旗幡荡。凤凰寨，市集商曹驻隙，尽显繁荣模样。自在沱江，感恩天王将。

觅游踪、漫雨如纱帐。虹桥过、倒影云中向。回首唱晚渔灯，待敲更天亮。洗烟波、点点舟行两。琉璃美、唢呐重重唱。怎忘却？佼佼人寰，念湘西巨匠。

满江红·峨眉山

避暑峨眉，四时秀、画如近尺。华藏寺、普贤传道，翠珠金璧。云卷云舒弘誓愿，不生不灭谈何易！度无边、行善立功崇，吾心获。

千人洞，纯阳僻。登金顶，高千尺。花山连日月，翠寒松柏。入蜀幸能观胜迹，圣灯常照光临客。如有缘、君若见灵光，飞来石。

陈 镔

陈镔，男，1992年12月生，浙江苍南人。《沧浪风雅》编委。

雪国梅花

凌寒追绿意，飞雪润红唇。

独在枝头舞，芳心暗许春。

夜 仁

斟满清辉独倚栏，花黄柳瘦煦风残。

一帘烟雨聆愁绪，聊把繁华衬夜寒。

夜访包山禅寺

天低催日落，潮涨踏星行。

浩渺烟波隐，依稀庙宇明。

凭栏梳夜色，独仁理松声。

尘世虚名累，堪求一境清。

孙军凯

孙军凯，男，1993年11月生，张家港人。张家港市诗词学会副秘书长。

访冯梦龙村

欲唱山歌谁与归，残荷落尽映斜晖。
西风见我还应笑，寻向花间蛱蝶飞。

癸卯二月二十日

云水共衔杯，看花须急催。
玉兰风拂落，高树燕飞来。
阶上阿翁望，泉边稚子咍。
春光犹未老，何事可哀哀。

临江仙·闻画纯扇《淡月吟》付梓

纸上吴山点染，毫间秀水惊鸿。回头烟柳一重重。
日边人悄立，斜影照江红。
按曲长歌短调，羞惭淡月朦胧。眼前烟笼酒方浓。
轻舟寻一梦，新雨快哉风。

刘慕尧

刘慕尧，男，2002年2月生，昆山人。南京大学商学院本科在读。

梅

乱草衰林野径旁，盈盈红袖独凝妆。

仙姿秋去应羞雪，傲骨春来岂惧霜。

矫饰枝头皆易落，传芬蕊内总难藏。

孤芳莫道无人赏，一寸清幽万里香。

赠　友

一曲年华一曲韶，寒冬犹见落英摇。

无心歧路折杨柳，有幸琼玖报管箫。

皓腕垆前如玉暖，红颜醉后似花娇。

何妨万里情难渡，云纸朱笺化作桥。

临江仙·寄语昆中江花

落月楼前传瑞，容湖桥上流霞。三年朝夕自清嘉。蟾宫攀玉桂，沙汭采兼葭。

今夜飘蓬何处？秦淮素里鸣鸦。梦中犹忆旧韶华。鹿城春色好，烂漫正江花。